マリー・アントワネットの宴の料理帳
王妃が愛したプティ・トリアノンの食卓

ミシェル・ヴィルミュール

ダコスタ吉村花子［訳］

原書房

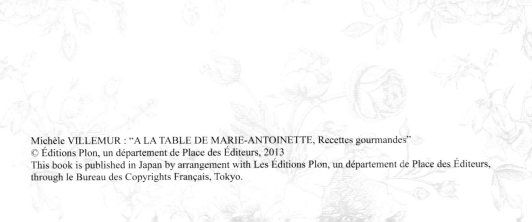

Michèle VILLEMUR : "A LA TABLE DE MARIE-ANTOINETTE, Recettes gourmandes"
© Éditions Plon, un département de Place des Éditeurs, 2013
This book is published in Japan by arrangement with Les Éditions Plon, un département de Place des Éditeurs,
through le Bureau des Copyrights Français, Tokyo.

マリー・アントワネットの宴の料理帳
王妃が愛したプティ・トリアノンの食卓

ミシェル・ヴィルミュール
ダコスタ吉村花子［訳］

目次

はじめに —— 7

第一のサーヴィス
11の美味なアントルメ11品 —— 13

ブラン・ド・ブランワインで火を通した牡蠣、タラゴン添え —— 14
とれたて野菜とヴェルミセルのスープ —— 16
ルートチャービルの香り豊かなアスパガラスムスリーヌのタルト —— 18
キュウリ、てんさい、セルリアックの「アイスクリーム風」スープ、
　パルメザンチーズのテュイール添え —— 20
小鳥（ウズラ）とグリーンピースの王妃風ポタージュ —— 22
ガチョウのフォワグラのテリーヌ、はちみつ、バニラ、
　ミュスカワインでキャラメリゼしたマルメロ添え —— 24
リ・ド・ヴォーとアニスシードのショーソン —— 28
サーモンと帆立貝のアントルメ、シリアルパンのクルトン添え —— 30
トルコ頭巾ことモワルーパン、シェーヴルチーズ、グリーン＆ブラックオリーブ、
　オイル漬けの愛のリンゴ（トマト）入り —— 32
フライドカマンベールチーズ、固茹で卵、魚のムース、
　フロマージュブランと香り豊かなイチゴ —— 34
鰻とカワカマスのテリーヌ —— 36

第二のサーヴィス
愉悦の12皿 —— 39

タラとジャガイモのパルマンティエ —— 40
ホワイトバター風味のメルルーサとフライドズッキーニ、サフラン添え —— 42
スズキ、ルバーブのコンポート添え —— 44
サクサクのアンコウ、キャラメリゼしたフダンソウ添え —— 46
スパイスのきいたシャンパーニュ風味のロースト鳩肉、カモのフォワグラ、
　アカシアのベニエ、ルッコラのムース添え —— 48

カモ肉のエギュイエット、イチジク添え、ニンジンとサツマイモのスフレ —— 50

ウズラの塩クルート包み、キャベツのアンブーレ —— 54

七面鳥のエスカロップロール、セージとバジルのクリーム添え —— 56

ホロホロチョウのブランケット、バラの形のアーティチョーク —— 58

帆立貝、カボチャのヴルーテ、グリルしたヘーゼルナッツとトリュフオイル添え —— 60

王太子妃風ジャガイモ —— 62

ホウレンソウのトゥルトと骨付きポーク —— 64

第三のサーヴィス

魅惑のデザート15皿 —— 67

アーモンドクリームクロワッサン、ミニジャー入りラズベリージャム —— 68

伝統的な洋ナシ入り王妃風パン・ベルデュ —— 70

ゴブレット入りスウィートアーモンドミルク、ラベンダーのインフュージョン、バターブリオッシュ —— 72

リンゴとレーズンのシュトゥルーデル風ロールケーキ、シャンティイクリーム添え —— 74

カップ入りチョコレートムースとシナモン風味のサブレビスケット —— 76

フルーツスープ、砂糖漬けレモン&ミント —— 78

ラム酒とバニラのスフレ、まろやかなアンゼリカ —— 82

愛のプティ・シューとマリー・アントワネットローズのクリーム —— 84

ラズベリーのマカロン —— 86

マジパンと香り豊かなアンズ —— 88

リンゴとカシスの「マダム・エリザベート」風ジャンブレット —— 90

ポリニャック夫人風オレンジ漬けのガトー —— 92

プラリネのウフ・ア・ラ・ネージュとランスのローズビスケット —— 94

カカオのメレンゲ —— 96

「プティ・トリアノン」のカカオフィナンシェ、キャラメルと塩バターのムース —— 98

参考文献 —— 102

謝辞 —— 103

〈バラを持つマリー・アントワネット〉エリザベート・ヴィジェ＝ルブラン

はじめに

　わずか14歳で未来のフランス国王ルイ16世と結婚したオーストリア大公女マリー・アントワネット。彼女の生涯は、今も私たちを魅了してやみません。女帝と呼ばれたマリア・テレジアの娘として生まれたアントワネットはウィーンで大切に育てられましたが、困難が待ち構える宮廷生活への備えはできていませんでした。それでも新生活に適応し、ヴェルサイユのひどく厳格な作法を習得しながら、宮廷から離れて、想像力が生む酔狂に彩られた世界を作り出しました。新たな建築、ユニークなインテリア、新奇な植物を求め、諸関係者に注文を出して、ヴェルサイユに独自の生活環境を築き、アモー〔王妃の村里〕やトリアノンでの簡素な生活を描き出したのです。

　彼女の趣味は古典的で、洗練を極めていましたが、その分高くつきました。建築家や庭師たちはプティ・トリアノンに提案書を持っていっては、そのことを思い知らされました。王弟プロヴァンス伯爵やオーストリア皇帝ヨーゼフ2世、北方伯爵の偽名でお忍びで旅行中のロシア大公パーヴェル夫妻は、王妃の晩餐に招かれて目を丸くしました。

　マリー・アントワネットはイギリス風庭園に夢中になり、後年はアモーを心から愛しました。王妃の腹心リーニュ公も述べているように、「宮廷から100リュー〔1リューは約4kmだが、ここでは象徴的な意味〕」にあるプティ・トリアノンと、近くに立つ11軒の藁ぶき屋根の建物は驚嘆の的でした。牧歌的な眺めを背景にしたマリー・アントワネットの食卓は、簡素ながら高く評価されました。王妃から個人的な招待を受けた人は、プティ・トリアノンに入るためのコインを渡されます。王妃はこうした特別な招待客を丁寧にもてなしました。藁ぶき屋根の建物の周りの園芸区画では食材が栽培され、数名の庭師が香り豊かなハーブを育てていました。王妃は食卓に、思想家ジャン＝ジャック・ルソーが描いた魅力的な演出を施しました。これは単なる一時的な流行ではなく、生き方とエスプリの表現なのです。チーズ、クリーム、はちみつのベニエ。トリアノンでの日常には、啓蒙思想の精神があふれています。これは1つのライフスタイルであり、王妃の判断基準は、美しいか、優れているか、本物かだけでした。彼女の好物は家禽類のローストや煮込みで、朝はコーヒーと、オーストリアでの子ども時代を思い出させてくれるヴィエノワズリー〔ウィーン風焼き菓子。クロワッサンやブリオッシュな

「私は宮廷を開かず、個人として生活しているのです」
トリアノンについてマリー・アントワネットが語った言葉
ヴェルサイユのプティ・トリアノン

どウィーン発祥の菓子パン類〕を好みました。王妃はルイ16世ほどの食いしん坊ではありませんでしたが、「フランス風」テーブルセッティングに夢中になりました。トリアノンの一部を拡張し、厨房、果物貯蔵所、菓子製造場などが設置され、多数の専門職人たちが忙しく立ち働き、食卓に供される食事よりももっとたくさんの品が調理されていました。

　本書は18世紀のレシピ本ではなく、繊細で洗練された現代の創作料理を通して、過ぎ去った時代のエスプリを再現します。きっと王妃も、感覚に訴えるこうしたレシピを気に入ったことでしょう。

　「妃殿下はフランスを輝かせ、美食を広められることになるでしょう」。1770年にこう声高に口にしたのは、パリの商人頭ジェローム・ビニョン。王太子妃にフランスの名産品を紹介したときのことです。未来のルイ16世と結婚したマリー・アントワネットは、のちにヴェルサイユ宮殿近くに複数の区画を得て、牧歌的で趣のある愛らしいフランスの風景を再現することになります。

　すべては1774年に始まりました。ルイ16世は若妻に531個のダイアモンドがあしらわれた鍵を渡して、プティ・トリアノンを贈りました。宮廷の喧騒から隔たったプティ・トリアノンは、瞬く間にアントワネットを魅了しました。オーストリアの幼少時代を彷彿とさせ、ジャン＝ジャック・ルソーの思想にも通じる牧歌的なライフスタイルを好んだ王妃にとって、プティ・トリアノンは「宮廷作法の疲れ」を癒してくれる場だったのです。建築家リシャール・ミックと画家ユベール・ロベールは王妃の依頼を受け、プティ・トリアノンの周りにアングロ・シノワ庭園を造りました。1783年以降は王妃の指示の下、その先の土地に11軒の家からなる村里を建設しましたが、第一期工事だけで、一連の建築物に実に30万リーヴルが費やされました。何軒かの藁ぶき屋根の建物には菜園が付属していて、窓際に青と白の陶器の鉢が置かれた家もあります。農園、ベルヴェデーレ〔見晴らし台〕、洞窟、水車小屋などを備え、ささやかな楽園にも似たこの地の生活リズムを刻むのは、季節だけです。王妃はたいてい小劇場で友人たちを前に演じたり、ゴール・ドレス〔コットンモスリンの簡素なドレス〕に身を包んでピカルディー風の縁なし帽をかぶって、アモーで農婦の役を楽しんだりしました。

　4年の間、マリー・アントワネットは、フランス王妃には不釣り合いなこの場所で、晩餐、私的な舞踏会、音楽会を催し、「招待を受けた」賓客や親しい人だけが参加できました。兄でオーストリア皇帝だったヨーゼフ2世もフランス旅行中に立ち寄りましたし、ポリニャック公爵夫人、オルレアン公爵夫人、プロヴァンス伯爵夫人、ランバル公妃、アクセル・フォン・フェルセン伯爵の姿も見えます。誰もが田舎のもたらす喜びを味わい、「パラディ（楽園）」と呼ばれたリンゴの木、野生のスミレ、「プロット・

王妃の奉公人団発行のヴェルサイユの庭園への入場コイン

ド・ネージュ（雪玉）」という名のバラに縁どられた小道の素晴らしい眺めを楽しみ、サボイキャベツ、ルバーブ、インゲンマメ、セージなど、近隣の農家からの新種野菜や果物も堪能しました。卵、牛乳、クリーム、チーズなどの乳製品はお菓子作りに欠かせず、上白糖がなかった当時、果物はムース、コンポート、ジャム、きび砂糖入りジュレを作るときの必需品でした。

　本書で紹介するレシピは、当時存在していて現在も使われている食材のみをもとに考案されています。マリー・アントワネットの食卓でも供されたかもしれません。好みも風味も変化するので、現代の私たちの味覚にも合うようにほんの少しだけ手を加えてあります。「背が高く、うっとりとするほど均整がとれ、適度にふくよかで、つねに淡い色の手袋をつけて食事をしていた」マリー・アントワネットもきっと、これらのレシピを気に入ったのではないでしょうか。よく言われるように、彼女はオーストリア皇后エリーザベトほど体の線に気を使っていたわけではありませんが、食卓に15分以上ついていることはまれで、たいていヴェルサイユ近郊のヴィル・ダヴレーの水を飲み、もっぱらヴェルミセルや「小家禽類」のブイヨンを食べ、プロヴァンス伯爵夫人の居室で食事をとることがしばしばでした。大好物のコーヒー、チョコレート、ベルガモット入りビスケットさえあれば満足で、お椀にいれたコーヒーにお菓子をひたしながら食べ、シェーンブルン宮殿での自由な子ども時代に味わったヴィエノワズリー、シュトゥルーデル、シュークリーム、はちみつとアーモンドのマジパンの味を決して忘れませんでした。本書ではページをめくるごとに、歴史にまつわる料理の旅が展開します。様々な「エキゾティックな」食材を使った40ほどのレシピを通して、フランスや外国を訪ねてみましょう。

　1789年10月5日、マリー・アントワネットがプティ・トリアノン近くの人工洞窟にいたところ、パリ市民たちがヴェルサイユに向けて行進していると書かれたサン・プリエストからのメモが届きました。こうして歴史の1ページがめくられることになります。けれども当時はまだ、誰もそのことを知りえませんでした。

ミシェル・ヴィルミュール

第一のサーヴィス
11の美味なアントルメ11品

Huîtres pochées au vin blanc de blancs, réduction à l'estragon

牡 蠣

[2人分]

ブラン・ド・ブランワインで火を通した牡蠣、タラゴン添え

下ごしらえ：15分
加熱時間：6分
調理器具：牡蠣用ナイフ、濾し器

材料：殻付き牡蠣12個、エシャロット3個、タラゴン10本、ゼラチンリーフ1枚、ドライ白ワイン（ブラン・ド・ブラン）200ml、レモンまたはオレンジ汁少々、ピンクペッパー6粒、コショウ

- タラゴンは数本を飾り用にとっておいて、残りは洗ってみじん切りする。
- エシャロットの皮をむき、薄く輪切りにする。
- 殻を傷めないように気を付けながら牡蠣を開き、貝柱を切る。中の海水を濾し、白ワインと混ぜる。
- フライパンでエシャロットを炒めて、白ワインと混ぜた牡蠣の汁を加え、加熱する。
- 温まったら火からおろし、スプーンに載せた牡蠣を入れて、3分間温める。
- 牡蠣を取り出し、皿に置いておく。
- 汁を強火にかけて3分の2まで煮詰める。

- ゼラチンリーフをぬるくなった牡蠣汁につけて、よく混ぜる。
- みじん切りのタラゴン、ピンクペッパー、レモンまたはオレンジ汁を加える。
- コショウを振って、冷えるまで置いておく。
- 各貝殻に牡蠣を入れ、汁を少量かけて、冷蔵庫で冷やす。
- 冷やした牡蠣をサーヴィスする。ミュスカデかシャンパーニュを添えて。
- 別にとっておいたタラゴンを飾る。

1671年、料理人ヴァテールは、シャンティイ城での宴会用の魚介類の到着が遅れたために、自ら命を絶ったと伝わっています。その1世紀後も、宮廷では牡蠣を食していましたが、マリー・アントワネットが牡蠣が好きだったかどうかはわかりません。オーストリア出身ということもあり、もしかすると食べたことがない可能性もあります。ルイ16世は火を通して、詰め物をした伝統的な牡蠣料理が大好きで、「白ワイン風味」、「煮込み」、ポタージュ、タマネギ、パセリ、ケイパー、パン粉とともにソテーした牡蠣にも目がありませんでした。18世紀になると、牡蠣を洗って、有塩バター、レーズン、「とてもふっくらとしていて美味な」乾燥プラムと一緒に煮るようになりました。甘いのが苦手な人には、「プティ・ヴィネガー」（この場合のプティは「少々」の意）と、ホールクローブを添えてサーヴィスされました。

Soupe de légumes du potager, vermichelle

スープ

[4人分]

とれたての野菜とヴェルミセル*のスープ

下ごしらえ：20分
加熱時間：1時間
調理器具：深鍋、レードル、ボウル4個

材料：ニンジン4本、セージの葉4枚、ポロネギ1本、ジャガイモ2個、トマト2個、小ぶりなカブ2個、ニンニク1かけ、タマネギ1個、セロリ1本、パセリ1束、ブーケガルニ1本（タイム・ローリエ1枚・ローズマリー1本）、ヴェルミセル4つかみ、チキンブイヨンキューブ1個、塩、コショウ

*パスタの一種

- 野菜を洗って、皮をむき、小さく切る。
- トマトを湯むきして種を取る。
- 深鍋で1.5リットルの湯を塩と一緒に沸かす。
- ジャガイモを入れ、沸騰してきたら、ポロネギとカブを入れる。
- 10分経ったらニンジン、タマネギ、セロリ、ニンニク、セージ、パセリ（飾り用に少しとっておく）を入れ、最後にトマトを加える。さらにブイヨンキューブ、ブーケガルニを入れる。
- 弱火で40分間加熱し、コショウを振る。
- 最後にヴェルミセルを加え、5分間茹でる。
- 残りのパセリを飾ってサーヴィスする。

ルイ15世はプティ・トリアノンのそばに植物園と温室を整備させ、ありとあらゆる異国の植物を順化させましたが、ルイ16世時代になると、かなりの数の樹木や植物が植物園に移動されました。マリー・アントワネットは正確無比な小道の通るフランス式庭園を好きになれず、池、岩、洞窟のあるアングロ・シノワ庭園に造り替えたのです。これが王妃のアモーで、牧歌的な風景にあえて古びた壁の家、小さい庭や果樹園が点在しています。とっておきの野菜（サボイキャベツ、アーティチョーク、カリフラワー）が樹木のトンネルに守られるように植えられていて、新入りの庭師アントワーヌ・リシャールが熱心に水やりをし、栽培していました。ホースラディッシュ、トピナンブール〔菊芋〕、セロリ、ルタバガ、ヴィテロッテジャガイモも育てられていました。王室専用家畜小屋や厩舎から出る馬や牛の堆肥、ガラス製の鐘型カバー、木や石が作り出す影は、1年を通した栽培の心強い味方でした。

Tartes fines à la mousseline d'asperges, senteurs aux racines de cerfeuil

タルト

[4人分]

ルートチャービルの香り豊かなアスパラガスムスリーヌ*のタルト

下ごしらえ：20分
加熱時間：約1時間
調理器具：1人前用タルト型4個、タルトストーン（あるいは乾燥豆）、ミキサー

材料：グリーンアスパラガス1kg、折り込みパイ生地2枚、チャービル1束、ルートチャービル250g、卵の白身2個分、小麦粉大さじ2（作業用）、型用バター　クルミ大4個分、レモン汁1個分、塩、コショウ

*ごく軽い食感に仕上げた料理。生クリームを加えることが多い

- オーブンを210度に予熱する。
- タルト型にバターを塗る。作業台に軽く小麦粉を振り、折り込みパイ生地を広げて、型の大きさに合わせて切り、型に入れる。
- パイ生地の底をフォークで軽くつついて、タルトストーン（または乾燥豆）をのせて、生地が膨らまないようにする。
- オーブンで10分間加熱し、取り出して、タルトストーンをよける。
- これを型から取り出して、網の上にのせておく。
- アスパラガスのムスリーヌの準備。グリーンアスパラガスを丁寧に洗って皮をむく。
- 鍋にたっぷりの水を入れ、塩を入れて沸騰させ、アスパラガスを20分間茹でる。
- 水を切り、さっと冷水に通す。飾り用にきれいなアスパラガスを4本とっておく。
- ルートチャービルの皮をむき、小さく切る。
- たっぷりの水に塩を入れ、ルートチャービルを20分間茹でる。
- 水を切っておく。
- チャービルを洗い、軸をとる。
- アスパラガスとルートチャービル、チャービルの葉をミキサーにかけ、ムスリーヌにし、レモン汁をかける。
- 塩とコショウを振り、冷めないように置いておく。
- 卵の白身を角が立つまでしっかりと泡立て、ムスリーヌと混ぜ、4個の型に入れていく。
- オーブンで3分間焼き、焼き目をつける。それぞれにアスパラガス少々と残りのチャービルを飾る。

白アスパラガスを使っても。

ルイ14世時代、聖職者のフォントネルとデュボワ枢機卿はアスパラガスが大好物で、いつも食べていたそうです。言い伝えによれば、デュボワは「半分にはホワイトソースが、もう半分にはオイルが添えられているアスパラ尽くしのタンサン夫人の料理、と聞いただけで」気を失ったとか。オイルの味付けがお気に入りのフォントネルは、デュボワが失神したのをいいことに、「料理長よ、全部にオイルをかけて持ってきなさい」と叫んで、2人分楽しんだそうです。

Trois soupes « à la glace » : concombre, betterave, céleri. Tuiles au parmesan

3種の冷製スープ

[2人分]

キュウリ、てんさい、セルリアックの「アイスクリーム風」スープ、
パルメザンチーズのテュイール添え

ミント風味のキュウリのスープ

材料：キュウリ１本、生クリーム大さじ１、ミント数本、オリーブオイル大さじ２、塩、コショウ

・ミントの葉を洗う。キュウリは皮をむき、種をとる。

・キュウリを小さく切り、生クリームとミントと一緒にミキサーにかける。

・オリーブオイルを加え、塩、コショウで味を調える。

・ムースのような食感のスープ。冷蔵庫で冷やす。

バジル風味のてんさいスープ

材料：てんさい１個（茹でて皮をむいておく）、バジル１束、バルサミコ酢（クレマ）３滴、ライム汁少々、水大さじ６、塩、コショウ

・てんさいを小さく切り、ライム汁、水、バルサミコ酢、バジル、塩、コショウと共にミキサーにかける。

・冷蔵庫で冷やす。

ヘーゼルナッツ風味のセルリアックのスープ

材料：セルリアック300g、ニンジン１本、エシャロット１個、ニンニク1かけ、ナツメグ１つまみ、アニスシード１つまみ、クラッシュして炒ったヘーゼルナッツ小さじ１、チキンブイヨン750ml

・セルリアックとニンジンの皮をむき、小さく切る。ニンニクとエシャロットはみじん切りにする。

・セルリアックとニンジンをチキンブイヨンで40分間煮て、湯切りする。

・ブイヨン200mlをとっておく。

・全部の材料ととっておいたブイヨンをミキサーにかける。さらさらとしたスープになる。

・冷めないように置いておく。

・フライパンでニンニクとエシャロットをこんがりと焼く。

・ここにナツメグ、ヘーゼルナッツ、アニスシードを加え、スープに混ぜる。

・冷蔵庫で冷やす。

パルメザンチーズのテュイール

材料：パルメザンチーズ（粉）150g、オリーブオイル大さじ１

・ミニフライパンに薄く油を敷き、火にかける。

・熱くなったら中央にパルメザンチーズを少々入れ、均一に広げる。

・３分経ってこんがりとしてきたら、フライ返しで裏返し、割れないように気を付けながら１分間焼く。

・これをチーズがなくなるまで繰り返す。

サーヴィス：３種とも冷製スープ。サーヴィス前にもう一度ミキサーにかけて、もったりさせる。ヴェリーヌやカップに丁寧に注ぎ、ミントの葉、バジル、残ったヘーゼルナッツを飾る。

Potage à la reine « aux petits oiseaux » (cailles), pois verts

ポタージュ

[4人分]

小鳥（ウズラ）とグリーンピースの王妃風ポタージュ

下ごしらえ：15分
加熱時間：40分
調理器具：深鍋、ざる、あくとり、スープ皿4枚

材料：中身をくり抜いて羽根をとったウズラ4羽（肉屋に注文する）、さやから取り出したグリーンピース200g、小さなタマネギ2個、ニンニク2かけ、バター30g、水750ml、クレームフルーレット〔生クリーム〕300ml、片栗粉10g、イタリアンパセリ1束（洗ってみじん切りにする）、チキンブイヨンキューブ1個、チキンスープ大さじ2、コニャック大さじ2、タイムとローリエのブーケガルニ1束、塩1つまみ、コショウ2つまみ

- 鍋で湯を沸騰させ、塩を入れて、グリーンピースを8分間茹でる。
- 湯を切って、冷水でさっと冷やし、水を切る。
- タマネギとニンニクの皮をむき、みじん切りにする。
- 深鍋に水、ブーケガルニ、パセリを入れて沸騰させる。
- チキンブイヨンキューブ、塩、コショウを加える。
- 熱したフライパンでバターを溶かし、タマネギとニンニクをこんがりと炒める。
- ウズラを入れ、3分間かけて両面をこんがりと焼いてから、コニャックでフランベする。
- コーヒーカップ半分ほどのブイヨンをフライパンに入れ、焼き付いた煮汁を溶かす。この煮汁とタマネギ、ニンニクをウズラと一緒に深鍋に入れ、弱火で20分間煮る。

- 小鍋を弱火にかけ、クレームフルーレットを温める。
- 片栗粉とチキンスープを加えて混ぜ続ける。
- 滑らかにもったりとしたら、深鍋に入れる。
- 蓋をして20分間煮る。ウズラを取り出し、2つに切る。
- ブーケガルニを取り出し、強火で煮汁が半分になるまで煮詰める。
- すべてをスープ皿に盛り、ルリジサなどの食用花を添える。

マリー・アントワネットは、プロヴァンス伯爵夫人の居室で供されるこの「小鳥」のポタージュが大好物でした。「王妃はご自分の小さな農園や動物や庭をご覧になられた後、大きな花束と網で獲った小鳥たちをヴェルサイユにお持ち帰りになった。小鳥はスープにされる。厨房ではなく、居室で侍女の一人がかかりきりで調理する。毎晩きっかり9時に、王族は王妃の居室に集まって夕食をとる。そこで親切な王妃は、食材よりも思いが詰まったこの美味なポタージュを供されていた。それぞれが、王妃の居室近くの小さな厨房で最後の仕上げをした料理を持ち寄っていたものだ」
　　　　　　　　デゼック伯爵『ルイ16世宮廷の近習の回想』

Terrine de foie gras d'oie, coings caramélisés au miel, à la vanille et au vin de muscat

テリーヌ

[6人分]

ガチョウのフォワグラのテリーヌ、
はちみつ、バニラ、ミュスカワインでキャラメリゼしたマルメロ添え

下ごしらえ：25分（前日に準備する）
加熱時間：マルメロ55分、バニラシロップ15分
調理器具：テリーヌ型、まな板、重石、クッキングシート、キッチンペーパー

材料：ガチョウの生フォワグラ（血管を取り除いたもの）300g、マルメロ2個、上白糖50g、水300ml、さや入りバニラ1本、はちみつ大さじ4、ミュスカワイン大さじ6，塩、グラインダー入り粒コショウ、シリアルガレット

前日

・マルメロの皮をむき、種をとって小さく切る。
・鍋に水をたっぷりと入れてマルメロを茹で、55分したら、柔らかくなったか火の通り具合を確かめる。

バニラシロップ

・鍋で水と上白糖を沸かす。よく混ざったら火を止め、さやを2つに割いてこそいだバニラを15分間つけておく。
・これにはちみつとマルメロを混ぜたシロップで、マルメロをキャラメリゼする。
・鍋の底についたキャラメルをミュスカワインで溶かす。

フォワグラ

・フォワグラを厚さ1cmに切り、フライパンで油を敷かずに両面を2分間焼く。
・キッチンペーパーの上に置き、両面に塩とコショウを振る。
・テリーヌ型にクッキングシートを敷き、フォワグラを1段、その上にマルメロを敷く。それぞれの間にキャラメリゼした液体を少量かける。
・これを型の上まで繰り返し、最後にフォワグラが来るようにする。
・型の上にまな板を敷き、重石をのせ、サーヴィスの30分前まで、冷蔵庫に入れておく。

当日

・食べる30分前に冷蔵庫から出し、型から取り出す。包丁を温めてから、薄切りにする。
・シリアルガレットを添えてサーヴィスする。

マルメロを洋ナシかリンゴに代えても。その場合、加熱時間は短くなる。

> ガチョウのフォワグラのレシピを考案したのは、アルザス出身の料理人ジャン＝ピエール・クローズと言われています。1778年、ストラスブールでアルザス総督コンタード元帥の料理人だった彼は、総督のために小麦粉と水を混ぜたパイ生地を考案し、これを丸めて、ラード、フォワグラ、仔牛のファルスのみじん切りを詰め、スパイスをたっぷりと振りました。オーブンの熱でゆっくりとフォワグラに火が通り、脂肪が溶けていきます。この美味な一品は「健啖家」ルイ14世に献上され、国王は「コンタード」風フォワグラに舌鼓みを打ちました。おかげで元帥の名声は高まり、クローズにはピカルディー地方の土地と、20ピストル金貨が与えられました。

アモーの中心に立つ王妃の家。

Chaussons au ris de veau, graines d'anis

ショーソン

[2人分]

リ・ド・ヴォーとアニスシードのショーソン*

下ごしらえ：20分
加熱時間：20分
調理器具：直径10cmの円形抜型1個、ミキサー、刷毛、クッキングシート

材料：リ・ド・ヴォー1個、折り込みパイ生地1枚、フェンネルの茎1本、エシャロット2個、パセリ3束、アニスシード1つかみ、卵の黄身2個分、生クリーム50ml、ピーナッツオイル大さじ1、アニス酒大さじ1、塩、コショウ

*半月型のパイ

- 水をたっぷりと入れた鍋に、きれいに掃除したリ・ド・ヴォーを入れ、火にかけて沸騰したら、火からおろす。
- 流水に通し、きれいな布で拭いてから薄切りにする。
- ソースを準備する。エシャロットの皮をむき、みじん切りにする。
- パセリは洗って、みじん切りにする。
- フェンネルの茎は洗って、賽の目に切る。
- フライパンでエシャロットとパセリを炒め、アニス酒を加えてフランベする。
- 賽の目切りにしたフェンネルを加えてから、弱火で煮詰める。
- 大さじ3ほどの量に煮詰まったら、フライパンを火からおろす。
- ソースをミキサーにかけてから生クリームを加え、もう一度ミキサーにかけてクリーミーにする。
- 塩とコショウで味を調え、アニスシードを加えて、冷めないように置いておく。
- フライパンで油を熱し、薄切りにしたリ・ド・ヴォーの両面をそれぞれ3分間焼く。こんがり焼けたら取り出す。
- 折り込みパイ生地を作業台の上に広げ、抜型で4つの円形に切り分ける。
- それぞれにリ・ド・ヴォーを少量のせ、上からクリーミーソース小さじ1をかける。
- パイ生地を丁寧に半円に折り、端をつまんで閉じる。刷毛で卵の黄身を塗る。
- オーブンを180度に予熱する。天板にクッキングシートを敷く。
- リ・ド・ヴォーを詰めたショーソンを天板に置き、10分間焼く。途中でひっくり返し、こんがりと焼けたらオーブンから出す。
- グリーンサラダと小さな器に入れた熱いソースを添えてサーヴィスする。

Entremets de saumon et Saint=Jacques, croûtons grillés aux céréales

[4人分]

サーモンと帆立貝のアントルメ、シリアルパンのクルトン添え

下ごしらえ：10分
調理器具：直径8cmの円形抜型1個

材料：サーモンの切り身200g、帆立貝12個（オレンジの部分は取り除く）、炒った松の実とピスタチオ大さじ1、オリーブオイル小さじ1、コリアンダー1束、ピンクペッパー1つまみ、エシャロット1個、レモン汁大さじ1、バルサミコ酢（クレマ）大さじ2、グラインダー入り粒コショウ（またはスパイシーソース）
付け合わせ：焼いてオイルを塗ってニンニクをこすりつけたシリアルパンのクルトン（なくても可）

- エシャロットの皮をむいてみじん切りにする。
- コリアンダーを洗い、飾り用に数本を別にしておいて、残りをみじん切りにする。
- サーモンと帆立を細かく切り、混ぜてタルタルにし、コショウをかける。
- ピスタチオ、炒った松の実、エシャロット、コリアンダーのみじん切りを加える。
- レモン汁、バルサミコ酢、オリーブオイルをかける。
- 皿の中央に抜型を置き、タルタルを盛りつける。4回これを繰り返す。
- 上からピンクペッパー、コリアンダー、バルサミコ酢数滴をかける。
- クルトンをさっとグリルして温める。
- クルトンを添えてサーヴィスする。

サーモンの代わりにマグロやタラを使っても。

肉を断って魚を食べることと、四旬節〔イースターまでの40日間〕の間には深い関係があり、毎週金曜日だけ肉を断つ人もいれば、1か月以上続く四旬節を完全に守る人もいました。海魚や貝類の鮮度を保つのに、ディエップ、グランヴィル、フェカン、オンフルールといった沿海の町から、速馬車と馬に乗った運び人が交代で鮮魚を運びます。メルラン〔タラ科〕、カレイ、シタビラメ、タラなどの納入時間は、宮内府により細かく定められていました。王家の人々は淡水魚に目がなく、マリー・アントワネットはコース料理の1皿目の「アントルメ」で魚を食べ、近くの池で獲れたコイやカワカマスを茹でて詰め物をした料理が出されました。

Pain moelleux ou « bonnet turc* », fromage de chèvre, olives certes et noire, pommes d'amour confites (tomate)

モワルーパン

[4人分]

トルコ頭巾*ことモワルーパン**、シェーヴルチーズ、
グリーン&ブラックオリーブ、愛のリンゴ（トマト）入り

下ごしらえ：25分
加熱時間：約1時間
調理器具：丸い型（マンケ型など）、クッキングシート、ミキサー

材料：ミニトマト（小）5個（好みで小さじ1の砂糖漬けにしても）、シェーヴルチーズ400g、卵4個、プレーンヨーグルト125g、小麦粉300g、種を抜いたグリーンオリーブとブラックオリーブ各10個、オリーブオイル大さじ2、牛乳あるいは生クリーム大さじ1（なくても可）、型用バタークルミ大1個分、タイム数本、コショウ

*18世紀の名称
**ふわふわパン

- 愛のリンゴ（オイル漬けのトマト）にタイムを振りかける。シェーヴルチーズを小さく切る。
- オーブンを180度に予熱する。
- ミキサーにヨーグルト、チーズ、卵、小麦粉を入れ、コショウを振り、オリーブオイルを加えて、数回に分けてミックスする。
- 型にクッキングシートを敷き、バターを塗る。
- ミキサーにかけたタネに、細かく切ったグリーンオリーブとブラックオリーブを加える。タネが硬めなら、牛乳か生クリームを大さじ1加える。
- 混ぜてから型に流し、オーブンで1時間焼く。
- 木串を刺してタネがつかないか、焼き具合を確かめる。
- オーブンから取り出し、網の上で冷ます。
- 冷めたら型から外し、きれいに切り分けてトマトを添える。

思想家ジャン＝ジャック・ルソーと同じく、マリー・アントワネットも牧歌的な眺めと、とれたての食材をその土地で調理した食べ物を愛しました。ルソーは「私は、素朴な食事以上に優れたごちそうを知らない。乳製品、卵、ハーブ、チーズ、ふすま入りパン、並のブドウ酒があれば、それで大満足だ」と人間性、自由、平等の価値を謳い、スイス、フランス、イタリア、イギリスで散歩しながら、農場で足を止め、乳製品を味わいました。1756年、ルイーズ・デピネ夫人は、人里離れたモンモランシーのシェヴレット城の庭に立つ一軒の家をルソーに提供しました。彼は「変わり者の羊飼い」のように暮らし、「私は魅力的な孤独の中にぽつんと立つ家に住んでいる。我が家の主は私で、誰にも邪魔されずに自分らしい暮らしができる」と書きました。マリー・アントワネットもきっとプティ・トリアノンやアモーで、宮廷作法から隔たったこうした自由な感覚を求めたのでしょう。

Collations en buffet

ビュッフェ形式の軽食

[6人分]

フライドカマンベールチーズ、固茹で卵、魚のムース、
フロマージュブランと香り豊かなイチゴ

フライドカマンベールチーズ

全乳のカマンベールチーズ1個、卵2個、硬くなっ
たパン100g、ヒマワリ油大さじ2

・カマンベールチーズを4等分する。卵は泡立て器でかき混ぜる。

・カマンベールチーズを溶き卵にくぐらせてから、トーストして細かく砕いたパン（パン粉でもよい）をまぶす。

・フライパンでヒマワリ油を温め、カマンベールを入れ、両面三分ずつ焼く。

・キッチンペーパーで余分な油分をとってから、サーヴィスする。熱いままでも、温かくても、冷めても楽しめる一品。

固茹で卵

白い殻またはオレンジ色の殻のニワトリの卵、ウズラの卵など

・湯が沸騰してから、ニワトリの卵は9分間、ウズラは5分間茹でる。

・皮をむいて、小さなかごに盛り付ける。

魚のムース

骨をとって小さく切った魚のフィレ400g、卵3個、
生クリーム200ml、小麦粉大さじ1、ディル1束、
ピンクペッパー小さじ1、オリーブオイル小さじ1

・ディルは洗い、枝部分は飾り用にとっておく。卵は黄身と白身を分ける。

・魚をキッチンペーパーで拭き、ディル、生クリーム、卵の黄身、小麦粉、ピンクペッパーと一緒にミキサーに入れる。

・卵の白身を泡立てて、魚のムースと混ぜる。

・テリーヌ型にクッキングシートを敷き、オリーブオイルを塗り、魚のムースを注ぐ。

・オーブンを180度に予熱する。

・グラタン皿に湯を張り、テリーヌ型をのせてオーブンに入れ、1時間湯せん焼きにする。

・木串で火の通り具合を確認する。

・火が通ったら冷まし、太めに切り分ける。

・ディルの枝を添えて、サラダと一緒にサーヴィスする。

フロマージュブランと香り豊かなイチゴ

フロマージュブラン300g、イチゴ300g、ランス
のローズビスケット12枚、生クリーム100ml、は
ちみつ大さじ4、卵の白身2個分、飾り付け用の
ミント数枚

・フロマージュブランと生クリーム、はちみつをミキサーにかける。

・卵の白身を角が立つまでしっかりと泡立てる。

・白身とフロマージュブランのムースを混ぜ、冷蔵庫で冷やしておく。

・ビスケットを粗くつぶし、少量を器に入れる。

・その上からフロマージュブランを入れる。

・イチゴとミントの葉をあしらう。

・残りのイチゴとビスケットを添えてサーヴィスする。

宮廷で軽食といえば、「昼餐後」や夜に食べる
「たっぷりとした」食事を意味していました。
18世紀のトレヴーの辞典には、「舞踏会やバ
レエのあとのレセプション」を指すとあります。
「盛り合わせ」軽食もあり、肉、魚、果物が出さ
れるのですが、招待客は単なる軽食が出される
のか、贅沢な夕餐がふるまわれるのか、頭を悩ませ
たことでしょう。

Terrine anguille=brochet

テリーヌ

[6人分]

ウナギとカワマスのテリーヌ

下ごしらえ：25分
加熱時間：40分
調理器具：ミキサー、泡立て器、クッキングシート、ハサミ、テリーヌ型

材料：ウナギのフィレ600g（生かスモーク、皮なし）、カワカマスのフィレ150g、パン60g、卵の白身3個分、ディル1束、バター20g、エシャロット2個、生クリーム150ml＋大さじ1、型用のヒマワリ油小さじ1、グラインダー入り粒コショウ

- エシャロットは皮をむき、薄切りにして、フライパンでバターと一緒にこんがりと焼く。
- ディルを洗い、みじん切りにする。
- パンは細かく切る。
- 卵の白身に生クリーム大さじ1を加え、泡立て器で軽く混ぜる。
- この中に細かく切ったパンをひたし、混ぜる。
- 骨が入らないように確かめながら、カワカマスを小さく切る。
- パン、生クリーム半分、エシャロット、カワカマスをミキサーにかける。
- コショウを振って、もう一度ミキサーにかける。
- 残りの生クリームを少しずつ加える。
- このタネを冷蔵庫で冷やしておく。
- テリーヌ型にクッキングシートを敷き、油を塗る。
- 調理台の上でウナギのフィレ400gを広げて平らにし、形を合わせながらテリーヌ型に敷く。
- みじん切りにしたディルの半量をウナギにつける。
- 残りのウナギ200gは小さな賽の目に切る。
- これをカワカマスのムースと混ぜ、ディルの残りも加える。
- このタネをテリーヌ型に入れる。
- オーブンを180度に予熱する。
- テリーヌ型をオーブンで湯せんにして、40分間加熱する。
- 木串を刺してタネがつかないか、焼け具合を確かめる（焼き過ぎに注意）。
- 火が通ったら、オーブンから取り出して冷まし、サラダと一緒にサーヴィスする。

アモーの水車小屋

第二のサーヴィス
愉悦の12皿

Parmentier de morue, pommes de terre
パルマンティエ

[4人分]

タラとジャガイモのパルマンティエ*

下ごしらえ：20分
加熱時間：20分
調理器具：グラタン皿1枚（あるいは1人用グラタン皿4枚）

材料：干しダラあるいは生のタラのフィレ500g、マッシュ用ジャガイモ500g、卵4個、イタリアンパセリ1束、
牛乳あるいは生クリーム100ml、オリーブオイル大さじ2，ニンニク1かけ、コショウ1つまみ、バター少々

*マッシュポテトと生クリームや牛乳を混ぜて仕上げた料理

前日
・大きなボウルに水を張り、干しダラを入れて
　塩抜きする。
・冷蔵庫に入れ、なるべく頻繁に水を換える。

当日
・冷蔵庫からタラを取り出し、ざっとほぐす。
・パセリを洗ってみじん切りにし、ニンニクも
　皮をむいてみじん切りにする。
・鍋にたっぷりの水と塩を入れ、ジャガイモを
　水から茹でる。
・ジャガイモが茹であがったら冷まして、皮を
　むき、フォークでつぶす。牛乳か生クリーム
　を加えて混ぜる。

・大きなボウルで粗くほぐしたタラとジャガイ
　モのマッシュを混ぜ、ニンニクとパセリを加
　える。
・卵の黄身を1つずつ加える。全体を混ぜ、オ
　リーブオイルとコショウを加える。
・卵の白身をしっかりと泡立て、タラのタネに
　混ぜる。
・オーブンを180度に予熱する。グラタン皿に
　バターを塗る。
・オーブンで20分間焼き、最後に短時間グリル
　して焼き色を付ける。

魚と肉は塩漬けにしたり乾燥処理したりして、大きな壷で輸送していました
が、のちには木樽が使われるようになりました。当時は塩やソミュールと呼
ばれる塩水が保存に利用されましたが、肉を「小麦粉の中に入れて、夏中保
管する。できれば肉の中に赤銅の釘を差し込んでおくとよい」という意見も
ありました。18世紀には塩の主要生産地が複数ありましたが、多くはロワー
ル川沿いに位置しており、保管や供給を管理していました。当時塩は王室
の独占管理下にあり、塩税吏が間接税である塩税を取り立て、徴税請負人
に収めていたのですが、革命勃発後の1790年12月1日、憲法制定国民議会
は塩税を廃止しました。

Colin au beurre blanc, courgettes frites, safran

メルルーサ

[4人分]

ホワイトバター風味のメルルーサとフライドズッキーニ、サフラン添え

下ごしらえ：10分
加熱時間：ズッキーニ10分、メルルーサ10分
調理器具：キッチンペーパー、濾し器

材料：200gのメルルーサ4枚（皮つき、骨なし）、小さめのズッキーニ5本、バター100g、セロリ2本、ニンジン1本、エシャロット1個、サフラン8本、チャービル1束、小麦粉大さじ1、ドライ白ワイン150ml、生クリーム100ml、ヒマワリ油50ml、レモン汁少々、塩、グラインダー入り粒コショウ、飾り用のレモンとハーブ少々

- チャービルは飾り用に少量を取り分けて、残りを洗ってみじん切りにする。
- セロリとニンジンの皮をむき、賽の目切りにする。エシャロットは皮をむき、みじん切りにする。
- フライパンにバター40gを入れ、ニンジン、セロリ、チャービルを炒めてから、エシャロットを加える。
- 白ワイン、生クリーム、レモン汁を加え、塩、コショウを振る。コーヒーカップ1杯分くらいになるまで煮詰める。
- 濾し器で濾し、サフランを加えて混ぜる。冷めないように置いておく。
- ズッキーニは所々皮を残しながらざっとむき、太い輪切りにする。
- 鍋で塩と一緒に湯を沸騰させ、ズッキーニを10分間茹でる。水を切って、水分を拭き取る。
- ズッキーニに小麦粉をはたき、ヒマワリ油で揚げ、冷めないようにキッチンペーパーの上にとっておく。
- 残りのバター60gでメルルーサの両面を5分ずつ焼く。レモンとハーブを飾ってサーヴィスする。

無塩バターはブルターニュとノルマンディー地方で生産されていましたが、他所ではほとんど消費されませんでした。パリ郊外ヴァンヴ製のバターは料理のフォン〔出し汁〕として使ったり、新鮮な野菜に添えたりします。保管は、光の当たらない涼しい場所で。バター、乳製品、有塩バターの商売についての覚書には、「ブレ地方では、丸天井がかけられた奥行きのある涼しい地下室で、牛乳をテリーヌ型に入れる」と書かれています。容量の少ない撹拌器に代わって、外側にクランク、内側に板のついた樽のような「セレーヌ」という機械が主流になりました。有塩バターは木樽に入れられ、船倉の奥に積まれて、外国に輸出されました。

Bar en compotée de rhubarbe

スズキ

[4人分]

スズキ、ルバーブのコンポート*添え

下ごしらえ：5分
加熱時間：20分（重さによる）
調理器具：耐熱皿

材料：一本釣りのスズキ450g（皮つきのまま4等分する）、シュガーレスのルバーブコンポート200ml（自家製の場合：ルバーブ1kgを洗い、小さく切って皮をむき、砂糖を入れずに約30分弱火で蓋をしたまま煮る。火が通ったらミキサーにかける）、タラゴン数本、オリーブオイル大さじ2、レモン半分、グラインダー入り粒コショウ

＊フルーツを砂糖と煮たもの

- タラゴンは洗う。レモンを絞って果汁をとっておく。
- スズキをオリーブオイルに通して、フライパンで両側を5分ずつ焼く。
- オーブンを200度に予熱する。耐熱皿にルバーブのコンポートを入れ、その上にスズキを乗せる。
- オーブンで10分間焼く。途中でひっくり返し、塩とコショウを振る。

- 温めておいた皿にルバーブのコンポート少々とスズキを盛り付ける。
- レモン汁をかけ、タラゴンを飾る。

ルバーブの代わりにマルメロを使っても。ジャガイモのグラタンを添えても美味。

マリー・アントワネットはルバーブが大好きでした。ルバーブは酸味の強い食材で、アモーの菜園でも栽培されていました。北アジア原産で、中国では薬草として使われ、時代が下ると、マルコ・ポーロがヨーロッパに持ち込みました。料理では葉柄を生のまま、あるいは加熱して使い、茎はコンポート、パート・ド・フリュイ〔フルーツのペーストゼリー〕、飲み物にします。
ルバーブと似たアンゼリカはきび砂糖漬けにします。アンゼリカの分布地はフランス西部ニオール周辺で、糖菓の香りづけに用いられましたが、中世には「蛇の毒やしつこい熱」に効き目があるとも言われました。フランス北部のペストを収束させたのはアンゼリカだったのでしょうか。少なくとも、修道士たちはそうだと言います。修道女たちはアンゼリカのリキュールも作っていました。

Croustillants de lotte aux blettes caramélisées

アンコウ

[4人分]

サクサクのアンコウ、キャラメリゼしたフダンソウ添え

下ごしらえ：15分
加熱時間：アンコウ30分、フダンソウ7分
調理器具：刷毛、タコ糸、キッチンペーパー、あくとり

材料：フダンソウの葉250g（またはレタスの芯）、アンコウの切り身240g（16等分（4人分）にする）、パートブリック〔チュニジア料理ブリック用の皮〕8枚（1人2枚）、バター60g、はちみつ大さじ2、ニンニク1かけ、卵の黄身1個分、塩、グラインダー入り粒コショウ

- フダンソウの葉を茎から取り、洗って切る。8枚を熱湯で2分間茹で、あくとりで取り出す。
- すぐに流水で冷やし、丁寧に拭く。
- 塩とコショウを振り、フライパンで5分間はちみつと一緒に焼き、キャラメリゼする。
- スープ皿に網を敷き、その上に葉を置いて水分を取る。
- ニンニクの皮をむき、みじん切りにする。20gのバターで炒め、こんがり焼き目がついたら冷めないようにとっておく。
- 残りのバター40gを火にかけ、アンコウの両面を15分ずつ焼く。冷めないようにとっておく。
- パートブリックを軽く湿らせ、それぞれにフダンソウの葉を置き、その上にアンコウと炒めたニンニクをのせ、タコ糸で巾着袋のように閉める。
- 必要に応じてハサミでタコ糸の上の余った生地を切り取る。
- 刷毛で卵の黄身を塗り、こんがりとした色になるまでオーブンでさっと焼く。

> 言い伝えによると、マリー・アントワネットは毎朝、タラゴンの葉5枚を煎じた温かいレモンジュースを飲んでいたとか。ハーブは王政時代に流行した食材で、アモーでは様々な植物や野菜が「地植え」にされ、花は鉢で育てられていました。

Pigeons rôtis aux épices, foie gras de canard, vin de Champagne, beignets d'acacia, mousse de roquette

鳩肉

[2人分]

スパイスのきいたシャンパーニュ風味のロースト鳩肉、カモのフォワグラ、アカシアのベニエ*、ルッコラのムース添え

下ごしらえ：1時間
加熱時間：アカシアのベニエ10分、ソース15分、鳩肉10分
調理器具：ミキサー、あくとり、揚げ鍋（フライヤー）、キッチンペーパー、泡立て器

材料：鳩用
鳩肉：400gの鳩肉2羽（肉店でモモ肉とささみを切ってもらい、手羽はそのままとっておいて、骨と脂肪を取り除いてもらう。ガラは取っておく）、カモの生フォワグラ40g（2つに切る）、エシャロットのみじん切り1個分、シャンパーニュ200ml、オリーブオイル大さじ1、塩コショウ少々

ルッコラのムース：ルッコラ150g、フォンまたはチキンスープ50ml、バター40g、ゴマ油大さじ1、アニスパウダー1つまみ、ウコンパウダー1つまみ、サフラン8本（うち4本は飾り用）、塩、グラインダー入り粒コショウ

アカシアのベニエ：季節が合えばアカシアの花1つまみ（季節外ならキンレンカやズッキーニなどの食用花）、小麦粉150g、牛乳750ml、卵2個、ヒマワリ油300ml、オレンジフラワーウォーター小さじ1

＊揚げ菓子

鳩肉

・ガラとエシャロットのみじん切りを油で炒める。シャンパーニュを注ぎ、塩、コショウを振る。
・1分したらガラを取り出し、強火でソースが大さじ2の量になるくらいまで煮詰める。
・ソースを濾し器で濾す。
・油を熱し、鳩のモモ肉4枚を両側5分ずつ焼き、冷めないように置いておく。
・ささみも両面を5分ずつ淡いピンク色になるまで焼く。

ルッコラのムース

・鍋で1リットルの湯を沸かし、塩少々を入れてから、5分間ルッコラを茹でる。
・すぐに冷水につけて冷やす。
・水を切り、滑らかになるまでミキサーにかける。
・バターを入れ、塩とコショウを振る。
・サフラン4本、アニスパウダー1つまみ、ウコンパウダー1つまみ、ゴマ油、チキンスープを加えて混ぜ、冷めないように置いておく。

アカシアのベニエ

・花を洗って水を切る。
・ボウルなどに小麦粉を入れ、全卵を1個ずつ加えて、泡立て器で均一になるまで泡立てる。
・泡立て器の手を休めずに、水とオレンジフラワーウォーターと牛乳を少しずつ加える。
・このタネを冷蔵庫で1時間冷やす。
・フライヤーでヒマワリ油を温め、熱くなったらアカシアの花の茎を持って一塊ずつタネに通す。
・両面を5分ずつこんがりと揚げる。
・キッチンペーパーにのせておく。

サーヴィス直前

フライパンでフォワグラをさっと焼き、キッチンペーパーにのせて脂分を吸わせる。

サーヴィス

・各皿にモモ肉とささみ肉をドームのように盛り付ける。

・その周りにルッコラのムース少々を盛る。

・最後にドームの上にフォワグラを置く。肉汁をかけ、残りのサフランを飾り、アカシアのベニエを添える。

Aiguillettes de canard aux figues, soufflés aux carottes et aux patates douces

エギュイエット

[4人分]

カモ肉のエギュイエット*イチジク添え、ニンジンとサツマイモのスフレ

下ごしらえ：35分
加熱時間：エギュイエット15分、スフレ20分
調理器具：泡立て器、ミキサー、1人用スフレ型4個、ハサミ

材料：カモのエギュイエット3枚分、ブドウ（赤または白）400g、生イチジク8個、アカシアはちみつ大さじ2、エスプレッソコーヒー小さじ1＋クラッシュしたコーヒー豆4個、バルサミコ酢（クレマ）大さじ1、チキンブイヨン100ml、ポートワイン大さじ1、ヒマワリ油大さじ2、バタークルミ大1個分、塩1つまみ、グラインダー入り粒コショウ
ニンジンとサツマイモのスフレ：ニンジン400g、サツマイモ300g、シェーヴルフレッシュチーズ200g、生クリーム150ml、卵4個、塩、コショウ

＊薄切りにしたささみ

スフレ

・ニンジンとサツマイモの皮をむき、小さく切る。

・鍋にたっぷりの水と塩少々を入れ、野菜を茹でる。

・火が通って冷めたら、生クリーム、シェーヴルチーズと一緒にミキサーにかけ、コショウを振る。

・卵の白身と黄身を分け、タネに黄身を入れて混ぜる。

・白身は角が立つまで泡立ててから、そっとタネと混ぜる。

・型にバター（分量外）を塗り、タネを4分の3まで入れる。

・180度に予熱したオーブンにスフレを入れ、こんがりと焼き色がつくまで20分間焼く。

カモのエギュイエット

・グリルを予熱する。

・エギュイエットに塩とコショウを振り、オイルにくぐらせる。

・肉をグリルにセットし、肉汁の受け皿を置いて15分間焼く。途中で裏返す。

・肉汁をポートワイン、エスプレッソコーヒー、チキンブイヨンで溶かし、小鍋に移す。

・バターを入れて泡立て器でかき混ぜながら強火で4分の3くらいの量になるまで煮詰める。

・イチジクを洗って2つに切る。

・ブドウを洗って、種を取り出す。

・鍋でイチジクをはちみつと一緒に弱火でキャラメリゼし、キャラメルが金色になったら、ブドウを入れる。

・5分間加熱し、バルサミコ酢を加える。これを肉汁のソースと混ぜる。

サーヴィス直前に、温めておいた皿にエギュイエットをドーム状に盛り、コーヒー豆を散らす。イチジクとブドウをあしらい、周りにソースを細くかける。スフレと一緒に供する。

王妃のアモーのベルヴェデーレに立つ
スフィンクス。ジョゼフ・デシャン作。

Cailles en croûte de sel, embeurrée de chou cabus

ウズラ

[4人分]

ウズラの塩クルート包み、キャベツのアンブーレ*

下ごしらえ：20分
加熱時間：ウズラ1時間、キャベツ1時間5分
調理器具：耐熱容器、クッキングシート

材料：豚脂を詰めたウズラ4羽、バター40g＋野菜用40g、タラゴン1束、400gほどの小さめのキャベツ1個、ニンニク1かけ、オリーブオイル150ml、チキンブイヨン250ml、タイム1枝、ローズマリーの葉1枚、コニャックまたはアルマニャック大さじ2、塩、グラインダー入り粒コショウ
塩クルート：粗塩1kg、小麦粉200g、水50ml、卵の白身4個分

＊火を通した野菜をたっぷりのバターと合わせた料理

キャベツ

- キャベツを洗い、小さく切る。
- 鍋で湯を沸騰させ、塩を1つまみ入れてキャベツを15分間茹でる。
- キャベツの水を切って、深鍋でバター、オリーブオイル半量と一緒に40分間蒸し煮にする。
- ウズラ用にチキンブイヨン大さじ2をとっておき、残りは深鍋に加える。
- 塩とコショウを振り、ニンニク、タイム、ローズマリー、タラゴンを加える。
- 10分間弱火で煮る。

ウズラ

- フライパンにバターと残りのオイルを入れ、ウズラの両面を3分ずつ焼いて色を付ける。
- コニャックかアルマニャックでフランベし、肉を取り出す。
- チキンブイヨン大さじ2を入れ、肉汁を溶かす。
- このソースを深鍋に入れる。
- オーブンを180度で予熱する。

塩クルート

- 卵の白身を角が立つまで泡立てる。
- 小麦粉に水と粗塩を加えてこねる。
- 白身を加える。タネの完成。

- オーブンの天板にクッキングシートを敷く。
- ここにタネを厚さ2cmに敷く。
- 間隔をあけながら、ウズラを一羽ずつ並べる。
- 上から塩クルートでたっぷり覆う。
- オーブンに入れ、1時間焼く。
- オーブンを消し、庫内で10分間休ませる。

ウズラと蒸しキャベツを一緒にサーヴィスする。
タイムとローズマリーの枝を添える。

「去勢鶏と雌鶏の切り方はごく単純だ。段階を追ってモモ肉と手羽肉、ソリレス〔腰骨の両側についている肉〕、胸肉を切り離し、尾羽の付け根を割り、ガラを水平に切る。だが肉を切り分ける侍臣は、腕前を披露して会食者の賞讃を得たいがために、次から次へと技を披露する。まずフォークを左手で持って、雌鶏あるいは去勢鶏の背中にぐいっと突き刺し、皿から約6プース〔1プースは約2.5cm〕持ち上げ、右手に持ったナイフでモモ肉と手羽肉を切るが、完全には切り離さない。胃の上、叉骨を切り、この状態で隣の女性に渡す。女性は希望の部位を切り離して皿の上に落とす。こうしてフォークに刺した肉を順番に回していき、全員に肉を行き渡らせる。この方法は鶏肉、ヤマウズラ、様々なジビエなど、エギュイエットにしない肉に用いられる」

グリモ・ド・ラ・レニエール

Escalopes de dinde roulées, crème de sauge et de basilic

エスカロップ

[4人分]

七面鳥のエスカロップ*ロール、セージとバジルのクリーム添え

下ごしらえ：15分（前日にマリネしておく）
加熱時間：40分
調理器具：ミキサー、正方形に切ったアルミホイル（またはクッキングシート）4枚、泡立て器

材料：七面鳥のエスカロップ4枚、牛乳200ml、生クリーム150ml、白ワイン50ml、エシャロットのみじん切り2個分、セージの葉10枚、バジルの葉10枚、オリーブオイル大さじ3

＊薄切り肉

前日

・マリネを準備する。セージとバジルを洗い、水気を拭き取る。
・牛乳、バジル、セージを混ぜ、七面鳥の薄切り肉を漬けて冷蔵庫に入れる。時々上下をひっくり返す。

当日

・オーブンを180度に予熱する。
・薄切り肉の水分を拭き取る。マリネ液はとっておく。
・肉の表裏に塩とコショウを振る。
・フライパンにオリーブオイル小さじ2を入れて熱してから、肉を3分間焼く。
・このまま肉と肉汁をとっておく。
・牛乳とバジル、セージをミキサーにかけてから、強火で半分になるまで煮詰める。

・このソースを大さじ2ずつ各肉にかけ、アルミホイルで巻く。
・オーブンに入れ、40分間焼く。
・残ったオリーブオイルでエシャロットを炒める。
・白ワイン、生クリーム、肉汁を加える。
・泡立て器でかき混ぜながら、半分になるまで煮詰める。
・必要に応じて、味を調える。
・肉のロールからアルミホイルを外す。
・クリームソース大さじ2を肉の中心にかける。
・各皿にロールを盛り付け、ソースを少量周りにかけ、残りはセージと共に小さなカップに入れて出す。

その昔、サギと白鳥の肉は大量に消費されていましたが、マリー・アントワネットの時代には珍重されるようになりました。キジ科の七面鳥は温暖な気候に順化した家禽で、フランス語では「ダンド」と呼ばれますが、「プール・ダンド（インドの雌鶏）」が語源とか。「イエズス会士の鳥（オワゾー・デ・ジェズイット）」との空想的な呼び方もあります。16世紀の王族の食卓、特にシャルル9世とエリザベート・ドートリッシュの婚礼の宴で供されたのが始まりでした。ルイ14世は宴会という宴会で七面鳥を注文し、19世紀の人々も好んで食べました。フランスをはじめとするヨーロッパ各国のクリスマス料理の定番で、アメリカでは11月の第4木曜日の感謝祭に家族で食卓を囲み、七面鳥を楽しみます。

Blanquette de pintade, rosace d'artichauts

ブランケット

[4人分]

ホロホロチョウのブランケット*、バラの形のアーティチョーク

下ごしらえ：ホロホロチョウ15分、アーティチョーク20分
加熱時間：ホロホロチョウ50分、アーティチョーク1時間、ニンジン30分
調理器具：深鍋、泡立て器、濾し器、グラタン皿、キッチンペーパー、ココット鍋

材料：約1.4kgのホロホロチョウ（4つに切り分ける）、ベーコン300g（または豚バラの薄切り）、ニンジン4本、小麦粉50g、バターまたはアヒルの脂肪50g、タマネギ1個、タイム・セイボリー・セージ・ローリエのブーケガルニ1個、ローズマリー12枝、クローブ4個、チキンブイヨン750ml、塩、グラインダー入り粒コショウ
バラの形のアーティチョーク：大きめのアーティチョーク（カミュ種）4個、オリーブオイル100ml、塩、コショウ

＊肉をハーブなどのブイヨンで煮込み、生クリーム、小麦粉、バターなどで味付けした料理

アーティチョーク

・軸をとる。深鍋で塩少々を入れて湯を沸かし、アーティチョークを1時間茹でる（大きさによって調整する）。
・火が通ったら、水を切って冷ます。
・萼をむしり、花芯をとり出し、茎を短く切る。
・よく切れる包丁で、厚みをそろえて花芯を薄く切る。
・これにオリーブオイルをかけ、コショウを振る。

ホロホロチョウ

・ニンジンとタマネギの皮をむく。ニンジンは輪切りにし、タマネギにはクローブを刺しておく。
・熱いブイヨンに皮をつけたままの肉を入れる。
・クローブを刺したタマネギ、ブーケガルニ、ローズマリー4本を加え、40分間ふつふつとした状態で茹でる。
・肉に火が通ったら取り出し、水気を切っておく。
・ブイヨンを濾し器で濾し、キッチンペーパーでブイヨンの表面に浮いた油分を取り除く。
・塩、コショウを振る。
・ココット鍋でバター（またはアヒルの脂肪）を溶かし、小麦粉をパラパラとかけ、白いルーにする。
・かき混ぜながら、ブイヨン小さじ1を入れる。
・ヘラでよくほぐす。

・ローズマリー4本、ニンジンの輪切り、ベーコンを入れる。
・さらにブイヨン少々を入れる（つねに水気のある状態にしておくこと）。
・弱火で30分間、じっくりと煮る（ニンジンはとろけるような食感に。ただし煮過ぎないこと）。
・ホロホロチョウを加え、更に弱火で10分間煮る。
・必要に応じて味を調える。

サーヴィス

・皿にホロホロチョウを盛り付け、周りにオリーブオイルに漬けておいたアーティチョークの薄切りを並べ、残りのローズマリーをあしらう。

ルイ16世はワインを「ほどほど」にたしなみ、夏も春も夕食の席では、白シャンパーニュを1本だけ開けさせていました。シャンパーニュはスパークリングワインではなく、「氷で冷やして」サーヴィスされていました。「アントルメでは、国王には小さなグラスに入れたマデイラ酒が供されていたが、（中略）、王太子妃は水しかお飲みにならなかった」。マリー・アントワネットは果物、花、スパイスをベースにした「薬用赤ワイン」の方がお好みだったようです。この飲み物は活力を与え、肝臓の負担を減らすと同時に、バラとショウガが多く配合されているので、官能を刺激する働きもあったとか。

Saint=Jacques velouté de potiron, noisettes grillées, huile de truffe

帆立貝

[2人分]

帆立貝、カボチャのヴルーテ*、グリルしたヘーゼルナッツとトリュフオイル添え

下ごしらえ：15分
加熱時間：帆立貝2分、カボチャ15分
調理器具：ミキサー

材料：帆立貝の貝柱（オレンジの部分はとる）8個、カボチャの果肉200g、グリルして砕いたヘーゼルナッツ20g、バター20g、生クリーム大さじ1、パセリ1束、バルサミコ酢大さじ1、ヒマワリ油小さじ1、黒（または白）トリュフオイル大さじ1、塩、グラインダー入り粒コショウ

＊とろみをつけたソース

・パセリを洗い、水気を切ってみじん切りにする。

・カボチャの果肉を小さく切り、バターと一緒にフライパンで15分間炒める。

・コーヒーカップ1杯分の冷水を注ぎ、水気がなくなったらバルサミコ酢を入れ、塩とコショウを振る。

・これをパセリ半量、生クリームと一緒にミキサーにかける。

・帆立貝を流水でさっと洗い、水分を拭き取る。

・フライパンでヒマワリ油を温め、帆立貝を両側1分ずつ焼く。

・皿にカボチャのヴルーテを少し盛り、ヘーゼルナッツを散らして、上から帆立貝を盛り付ける。

・残りのパセリを散らし、サーヴィス直前にトリュフオイルを数滴かける。

フランス風サーヴィス　宮廷料理はいくつものサーヴィスから構成され、正確な規則に従って供されていました。ポタージュとアントレ、肉料理とロースト肉、アントルメ、そして果物とデザート。各サーヴィスでは、いくつもの料理が同時にテーブルにセットされます。
ロシア風サーヴィス　19世紀にフランス風サーヴィスに代わって登場したスタイルで、会食者全員に温かい料理が一品だけ供されます。
サーヴィスは左側から、下げるときは右から（現代と同じ）。ワインも同様です。

Pommes à la dauphine

ジャガイモ

[4-6人分]

王太子妃風ジャガイモ

下ごしらえ：40分
加熱時間：1時間5分
調理器具：フライヤー、泡立て器、キッチンペーパー、あくとり

材料：マッシュポテト：シャルロットなどのジャガイモ1kg、バター80g、卵3個＋黄身3個分、ナツメグ1つまみ、フライ用ヒマワリ油1リットル
シュー生地：バター80g、小麦粉140g、卵の黄身3個分、水250ml、塩1つまみ

・ジャガイモを洗う。
・大きな鍋にたっぷりの湯を沸かし、塩を1つまみ入れ、ジャガイモを25分間茹でる。
・茹で上がったら水を切り、皮をむく。
・きめの細かいピュレになるまでマッシュする。
・全卵3個分と黄身3個分を入れて混ぜ、バターも加える。

シュー生地
・鍋に塩1つまみ、水、バターを入れ、沸騰させる。
・小麦粉を加え、泡立て器で混ぜる。
・生地が鍋からはがれるまで、5分間かき混ぜる。
・火からおろして、卵の黄身1個分を混ぜ、かき混ぜ続けながら、残りも1つずつ入れていく。

・マッシュポテトとシュー生地を混ぜ、ナツメグを加え、味を調える。
・フライヤーで170度に油を温める。
・生地を丸め、しっかりと熱した油に投入する。
・こんがりと揚がったら取り出し、キッチンペーパーの上に置いて油をきる。
・熱いうちにグリルした肉と一緒にサーヴィスする。

ジャガイモは飢饉と食糧難の時代に導入され、人々の栄養源となりました。もともとブタのエサでしたが、農学者パルマンティエ(1737-1813年)は七年戦争で捕虜となり、ジャガイモのおかげで生き延びて、この黄色や赤い「大地の果実」に興味を持ちました。塊茎であるジャガイモは、ひとたび受け入れられるや様々なレシピが考案され、パルマンティエは科学的発見により、科学アカデミーの賞をとりました。マリー・アントワネットはジャガイモの花を髪に飾り、ルイ16世はボタンホールにさしたと伝わっています。

Tourte dorée aux épinards, cochon à l'os

トゥルト

[6人分]

ホウレンソウのトゥルト*と骨付きポーク

下ごしらえ：15分
加熱時間：55分
調理器具：背の高い型（ブリオッシュ型など）、ミキサー、刷毛

材料：折り込みパイ生地1枚、シェーヴルフレッシュチーズ250g、骨付きハム（脂身なし）3枚、コーンスターチ30g、茹でたホウレンソウ250g、バター20g＋型用10g、卵4個＋黄身2個分、シナモン1つまみ、牛乳大さじ1、塩、コショウ

*パイ包み焼き

- シェーヴルチーズと茹でたホウレンソウをミキサーにかけ、牛乳大さじ1を加える。
- 卵4個の白身と黄身を分け、黄身をタネに1つずつ加える。
- コーンスターチとシナモンも加える。
- ミキサーをさらに数回転させて、とろりとした生地にする。
- 塩、コショウを振る（チーズが入っているので、塩を入れすぎないよう注意）。
- ハムを賽の目に切り、タネに混ぜる。
- 卵の白身を角が立つまで泡立てて、タネとそっと混ぜる。
- 型にバター10gを塗る。

- オーブンを190度に予熱する。
- 型の4分の3の高さまで折り込みパイ生地を敷き、タネを注ぐ。
- 表面に細かく切ったバターを散らす。
- タネの残りで表面を覆う。
- 空気が抜けるよう、中央に穴を開ける。
- 残りの卵の黄身2個分を刷毛で上の部分に塗る。
- オーブンで55分焼く。
- 木串を刺して焼き具合を確かめる。
- こんがりと焼けたら、グリーンサラダを添えてサーヴィスする。

アモーの王妃の家から10mほど離れたところには、レショフォワールと呼ばれる厨房がありました。灌木に隠れた使用人用の建物で、窓が3つあり、パリ近郊イニー製の瓦屋根がかけられています。厨房には製パン室、22の火口を備えた大きな窯、パン窯、暖炉、食料品貯蔵庫、リネン置き場、銀食器室などがありました。王妃の召使は水車小屋、洞窟、乳製品工房など王妃の行く先々についていきます。王妃の昼餐も召使の監督のもと、この厨房から食卓に送り出されました。

ガリー農場のリンゴの木

第三のサーヴィス
魅惑のデザート15皿

Croissants frangipane, petit pot de confiture à la framboise
クロワッサン

[8人分]

アーモンドクリームクロワッサン、ミニジャー入りラズベリージャム

下ごしらえ：50分
生地の休ませ時間：1時間50分＋1時間
加熱時間：アーモンドクリーム5分、クロワッサン15分
調理器具：麺棒、刷毛、ジャム用小皿、クッキングシート、泡立て器、耐熱皿
材料：
クロワッサン：小麦粉250g＋作業用に大さじ1、クリーム状のバター150ｇ、卵の黄身2個分＋1個分、グラニュー糖大さじ1、水大さじ1、塩1つまみ、ブリオッシュ用酵母20g、自家製ラズベリージャム1瓶
アーモンドクリーム：グラニュー糖150ｇ、アーモンドパウダー150ｇ、スライスアーモンド30g、全卵2個

クロワッサン

- バターを小さく切る。
- 小麦粉の中央に穴を開け、酵母、グラニュー糖、塩、水大さじ1、卵の黄身2個を入れる。
- 粘りが出るまで生地をこねる。
- 丸めて、最低でも容量が倍になるまで、1時間室温で寝かせる。
- 作業台の上に軽く小麦粉を振り、生地を広げる。
- クリーム状のバターを全体に散らす。
- 麺棒を使って生地を4つ折りにする。この作業を何度か繰り返す。
- 生地を冷蔵庫で20分間休ませる。
- 冷蔵庫から出し、同じ作業を数度繰り返す。
- 室温で最低30分間休ませる。

アーモンドクリーム

- オーブンを180度に予熱する。
- グラニュー糖と卵を泡立て器で攪拌し、アーモンドパウダーとスライスアーモンド20gを加える。
- 混ぜたタネを耐熱皿に入れる。
- オーブンで5分間焼き、取り出して冷ます。

- クロワッサンの生地を麺棒で伸ばし、8つの長方形に切る。
- それぞれに少量のアーモンドクリームをのせる。
- 先端に向かってクロワッサンの形に整える。
- 残った黄身を刷毛で塗り、残りのスライスアーモンドを散らす。
- オーブンの天板にクッキングシートを敷き、充分な間隔をあけてクロワッサンを置く。
- さらに1時間寝かせる。
- オーブンを220度に予熱し、クロワッサンを入れる。
- 約15分焼く。途中で上下をひっくり返す。
- 温かいうちに、または冷えてからミニジャー入りのラズベリージャムを添えてサーヴィスする。

王室の厨房勤務者の手引きには、「デザート」は「料理の後に出される最後のサーヴィス。（中略）贅を尽くした食卓のデザートでこそ、厨房職人の巧みな腕前と趣味のよさが発揮される。職人は砂糖を使って宮殿や、ペグで区画が区切られた庭園の花壇、様々な色の砂糖や黒玉の砂を作り、花瓶や鉢、花飾り、人工の樹木、様々なリキュールが出る噴水にあしらう」とあります。

Pain perdu « à la reine », et retrouvé, aux poires
パン・ペルデュ

[4人分]

伝統的な洋ナシ入り王妃風パン・ペルデュ

下ごしらえ：10分
加熱時間：30分
調理器具：1人用グラタン皿4枚、おろし金、ざる

材料：乾燥したパン60g、熟した洋ナシ2個、室温で柔らかくしたバター30g＋クルミ大1個分、全卵2個、粉砂糖大さじ1、さや入りバニラ1本、レモン汁少々＋皮1個分（オーガニック）、牛乳100ml、塩少々

- 洋ナシは皮をむいてタネをとり、長細く切って、変色しないようレモン汁をかける。
- 牛乳を温め、沸騰したら火からおろす。
- さや入りバニラを縦に2つに割って、牛乳に入れる。
- パンは細かく砕く。
- ボウルに砕いたパンを入れ、上から温めた牛乳を注ぐ。
- 3分間待ってから、ざるに入れて余分な牛乳を落とす。
- 卵を粉砂糖と室温で柔らかくしたバターと混ぜる。
- 塩少々、レモンの皮、細切りにした洋ナシ、砕いたパンも加え、均一になるまで混ぜる。
- オーブンを180度に予熱する。
- グラタン皿にバターを塗って、タネを流し込む。
- オーブンで30分間焼き、木串で焼け具合を確かめる（かなりとろりとした食感）。
- 温かいうちに、または冷ましてからサーヴィスする。

王妃はオーストリアのお菓子に目がありませんでしたが、「フランス菓子」も大好きでした。18世紀半ば、宮廷の夕餐では13種ものマジパンのお菓子が出されることもありました。ケーキの生地作りには、砂糖細工に劣らぬほどの高度な技術が必要とされます。菓子職人はとても丁寧に砂糖細工やビスケット生地を作り、モノや人の形に整え、鏡、陶磁器、絹のリボンがかけられた台座にのせます。彼らは温度や湿度の変化を見逃さず、雨の日には砂糖を扱わず、料理に合わせて小麦粉を選んでいました。1790年の『ムノンのブルジョワの女料理人』という本には、ビニェ、リソール、ゴーフル、ダリオール、フラン、タルムース、クレスプといったお菓子の名が記されています。

Gobelets au lait d'amande douce, infusion de lavande, fines brioches au beurre

ゴブレット

[4人分]

ゴブレット入りスウィートアーモンドミルク、ラベンダーのインフュージョン、バターブリオッシュ

下ごしらえ：ブリオッシュは前日に準備しておく。アーモンドミルクは3時間冷やす。
加熱時間：アーモンドミルク5分、ブリオッシュ15分
調理器具：ゴブレット〔脚付きデザート用グラス〕4個、ミキサー、刷毛

材料
ゴブレット：低脂肪乳600ml、生クリーム100ml、スウィートアーモンドペースト大さじ3（オーガニック）、ビターアーモンドエッセンス9滴、スウィートラベンダー4本（オーガニック）、ラベンダーはちみつ大さじ4、グリルしたスライスアーモンド大さじ1

ミニブリオッシュ4個分：小麦粉250g、バター150g、グラニュー糖40g、塩小さじ1、卵の黄身3個＋1個、イースト小さじ1、オーブンの天板用オイル小さじ1

前日
- ブリオッシュを作る準備をする。ボウルでグラニュー糖、塩、卵の黄身3個分を混ぜる。
- イーストと水大さじ1を混ぜる。
- ミキサーに小麦粉、次に水に溶かしたイースト、グラニュー糖・塩・卵を入れて混ぜる。
- 生地が均一になったら、室温で柔らかくしたバターを加え、少しこねる。
- 作業台に軽く小麦粉を振り、生地を拡げて、数回折り込む。
- 清潔な布をかけて、室温で最低1時間寝かす。
- 手で生地を平らにし、端を中央にむけて折り込む。
- 布をかけてもう1時間休ませる。
- 生地を中サイズ4つ、小サイズ4つに丸める。小さい方はブリオッシュの帽子の部分。
- 刷毛を使って黄身で、大きい球と小さい球をくっつける。
- オーブンの天板に油を塗り、ブリオッシュを置き、布をかけておく。
- 1時間寝かせて膨らませる。
- 全体に黄身を塗る。
- ナイフで深さ1cmの切込みを入れる。
- オーブンを180度に予熱し、15分間焼く（ブリオッシュの大きさにより焼き時間を調節する）。

当日
- アーモンドミルクのゴブレットを準備する。低脂肪乳と生クリームを温める。
- 沸騰したら火からおろし、ラベンダーを入れて3時間置く。
- ラベンダーを取り除いてから、低脂肪乳と生クリーム、スウィートアーモンドペースト、ビターアーモンドエッセンスも入れてミキサーを回す。
- ゴブレットにタネを入れ、冷蔵庫で冷やす。
- グリルしたスライスアーモンド、ラベンダー1本を散らし、ブリオッシュを添えてサーヴィスする。

Roulé pommes=raisins façon strudel, cuillère de crème Chantilly

ロールケーキ

[6人分]

リンゴとレーズンのシュトゥルーデル*風ロールケーキ、
シャンティイクリーム添え

下ごしらえ：20分
加熱時間：リンゴ15分、シュトゥルーデル20分
調理器具：刷毛、湿った布、クッキングシート、小鍋

材料：リンゴ3個（フランスならレーヌ・ド・フランスかレネット・ド・フランス。香り高いリンゴを選ぶ）、クルミ大さじ1、レーズン大さじ1、アーモンドパウダー大さじ1、きび砂糖50g、折り込みパイ生地1枚、バター40g、シナモン1つまみ、レモン汁1個分、ブラウンラム酒大さじ1、泡立てた生クリーム大きめのカップ1杯分
グラッサージュ：きび砂糖大さじ2、シナモン1つまみ、水大さじ1

*オーストリアの名物菓子

シュトゥルーデル風ロールケーキ

- リンゴの皮をむき、種をとり、小さく切る。
- 小鍋にリンゴを並べ、水をひたひたまで入れる。
- きび砂糖を入れ、弱火で10分間煮る。
- リンゴが半透明になったら、レーズンとレモン汁を入れて5分間煮る。
- 水気を切り、ざるに入れて冷ます。
- ボウルにこのリンゴとラム酒を入れ、10分間置く。
- フォークでリンゴを粗くつぶす。
- クルミを細かく刻み、果物と混ぜる。
- アーモンドパウダーとシナモン1つまみを加える。
- 小鍋でバターを弱火で溶かす。
- 湿った布を作業台に置き、その上に折り込みパイ生地をそっと置く。
- 中央に余分な水気を切ったリンゴを置き、折り込みパイ生地の左右をその上まで持ってくる。
- 丁寧に巻いて、大きなロール状のシュトゥルーデルにする。両端を中に折り込む。
- 刷毛で溶かしバターを塗る。
- オーブンを180度に予熱する。
- 天板にクッキングシートを敷き、シュトゥルーデルを置く。
- 10分間焼き、上下をひっくり返してからさらに10分間焼く。
- オーブンから取り出し、網の上に置いて冷やす。

グラッサージュ

- 小鍋に砂糖とシナモンと水を入れ、火にかけてねっとりとしたシロップになるまで煮詰める。
- 刷毛でロールケーキにグラッサージュを塗る。
- 泡立てた生クリーム（シャンティイクリーム）をスプーンに盛って、それぞれの皿に添える。

Chocolat mousseux dans sa tasse et biscuits sablés à la cannelle

チョコレート

[6人分]

カップ入りチョコレートムースとシナモン風味のサブレビスケット

下ごしらえ：サブレ30分、ココア30分
加熱時間：シナモンビスケット15 ‐ 20分、ココア30分
調理器具：クッキングシート、濾し器、泡立て器、すり鉢

材料：
サブレ：ふるいにかけた小麦粉125g、室温で柔らかくしたバター175g、粉砂糖45g、アーモンドパウダー80g、シナモン1つまみ、卵の黄身2個分、はちみつ大さじ大盛1、塩の花1つまみ
スパイス入りチョコレート：カカオ70%ブラックチョコレート125g、コーンスターチ大さじ1、はちみつ大さじ1、ドライカイエンヌペッパー1本、さや入りバニラ1本、水500ml、コショウ　グラインダー3回転分

シナモンビスケット

・オーブンを170度に予熱する。

・ボウルなどで小麦粉、粉砂糖、はちみつ、アーモンドパウダー、シナモンを混ぜる。

・室温で柔らかくしたバターを加え、全体が均一になるまで混ぜる。

・卵の黄身を加え、10分間泡立て器で混ぜる。

・オーブンの天板にクッキングシートを敷き、充分な間隔をあけてスプーンで生地を並べていく。

・軽く天板をたたく。

・オーブンで15 ‐ 20分間焼く。

・こんがりと焼き目がつくよう、焼き具合に注意すること。

・焼きあがったらすぐにオーブンから出し、塩の花を少々振りかける。

・冷めたらサーヴィスし、すぐに食べない分は缶に入れて、湿気を避けて保管する。

スパイス入りチョコレート

・すり鉢でカイエンヌペッパーをつぶす。

・バニラはさやを縦に2つに割り、種を出す。

・鍋でコーンスターチを水に溶かす。

・ブラックチョコレートを割って、バニラ（さやと種）、カイエンヌペッパー、コショウ、はちみつと一緒に鍋に入れ、とろりとなるまで混ぜる。

・沸騰させてから火を弱め、かき混ぜながら30分間ゆっくりと加熱する。

・濾し器で濾す。

・シナモンビスケットと一緒にサーヴィスする。

マリー・アントワネットはヴェルサイユ宮廷に輿入れしたときに、チョコレート職人を連れてきて、「王妃のチョコレート職人」という官職を創設したと言われています。彼女はコーヒーも大好きで、「毎朝大きなカップでコーヒーを飲み、ウィーン菓子と合わせて楽しんでいた」そうです。

Soupe de fruits, cédrat confit et menthe

スープ

[4人分]

フルーツスープ、砂糖漬けレモン&ミント

下ごしらえ：30分
加熱時間：バニラシロップ5分
調理器具：フルーツ用グラス4個、小鍋

材料：
グレープフルーツ2個、オレンジ1個、赤ブドウ1房、レモン汁少々、レモン1個、きび砂糖120g、さや入りバニラ2本、ミント8枚、ベルガモットエキス3滴

- レモンの皮をむき、種をとって果肉を取り出し、小さく切る。
- これをきび砂糖50gと水大さじ3に漬けておく。
- オレンジとグレープフルーツの皮を、果肉が出るまで完全にむく。
- ナイフを薄皮の間に入れて、房に分ける。
- 砂糖漬けにしておいたレモンと混ぜる。
- レモン汁とベルガモットエキスを注ぐ。
- ブドウを洗ってタネをとる。
- フルーツを冷蔵庫で1時間冷やす。

バニラシロップ
- バニラのさやを2つに割り、種をとり出す。
- 底の厚い小鍋で、水大さじ3と残ったきび砂糖（70g）を温める。
- シロップ状になったら火からおろし、バニラのさやと種を最低30分間漬け、冷ます。
- フルーツ用グラスに果汁と一緒にフルーツを盛り、シロップ少々をかける。ミントと細長く切ったバニラのさやをあしらう。

17世紀、カリブ海地域バルバドスできび砂糖の栽培が始まりました。きび砂糖（ケーンシュガー）は「糖蜜と砂糖かすで造る蒸留酒」だけでなく、ルイ14世宮廷で飲まれていた様々な飲み物の甘みを出すのにも使われました。カリブ海地域のフランスの植民地で読まれていたテルトル神父の手引きには、蒸留酒と砂糖を組み合わせて、泡と粗い「シロップ」を引き出すようにと書かれています。連続蒸留ができる精留塔が登場すると、蒸留器の影は薄くなりました。「ブルボン島」ではきび砂糖が大規模栽培され、「砂糖入り蒸留酒」（または「アラック」）や「ケーンシュガーワイン」、シロップ作りに使われました。1785年に砂糖製造工場第一号が完成しましたが、製糖が1つの産業として確立したのは19世紀のことで、レユニオン島には実に189もの工場があったそうです。

王妃のアモーの農場
1787年、7頭の雌ヤギ、2頭の雄ヤギ、8頭の雌牛牛、1頭の雄牛、4つの角のついた雄ヤギ1頭、スイスの白い雌ヤギ1頭が農場に運ばれました。移動中に2頭の子ヤギが生まれたと知らされたマリー・アントワネットは、白くて気性の荒くない方を所望しました。1789年には馬が納入されたものの、間もなく革命が勃発しました

Soufflés au rhum, vanille, bâtonnets d'une exquise angélique

スフレ

[4人分]

ラム酒とバニラのスフレ、まろやかなアンゼリカ

下ごしらえ：15分
加熱時間：20分
調理器具：1人用スフレの型4個、泡立て器、小鍋

材料：
バター60g＋クルミ大1個分、グラニュー糖60g、ココナッツパウダー20g、小麦粉130g、粉砂糖10g、卵4個、さや入りブルボンバニラ2本、砂糖漬けアンゼリカ50g、牛乳200ml、ブラウンアグリコールラム酒大さじ2、塩1つまみ

- オーブンを180度に予熱する。
- 型にバターを塗る。
- グラニュー糖とココナッツパウダーを混ぜて型に散らし、余分な分は取り除く。
- さや入りバニラを2つに割り、ナイフの先で種をこそげる。
- 牛乳を沸騰させ、火からおろし、ラム酒、バニラの種とさやを入れ、20分間置いておく。

ルー

- 小鍋でバターを溶かす。
- 小麦粉を入れ、ビスケットの香りがしてくるまで泡立て器で混ぜる。
- 先ほどの牛乳からバニラの種とさやを取り出してここに注ぎ、泡立て器で混ぜる。
- 卵の白身と黄身を分ける。牛乳と小麦粉を泡立て器で混ぜ続けながら、黄身を1つずつ入れ、クリーム状にする。
- 卵の白身は角が立つまで泡立てて、塩1つまみを入れる。
- 先ほどのクリームに白身を丁寧に加える。
- アンゼリカ4本は飾り用にとっておき、残りを細かく切る。
- アンゼリカをクリームに加える。
- 型にタネを入れる。膨らむので余裕を見ておく。
- オーブンで20分間焼く（扉を開けないこと）。

サーヴィス

- それぞれのスフレにアンゼリカをあしらい、粉砂糖をかけ、すぐにサーヴィスする

ヨーロッパの征服者がメキシコに到達して以降、ラン科の植物であるバニラが徐々にヨーロッパに入ってきました。王の温室でも栽培を試みたのですが、失敗に終わりました。専門家たちは長いことこのスパイスの秘密の解明に挑み、ようやく1863年、モーリシャス島に住むエドモン・アルビウスのおかげでその繁殖メカニズムが明らかになりました。送粉を担うハリナシバチのいないところでバニラを繁殖させるには、イバラや竹の破片を使って、手作業で各花に授粉しなければなりません。緑色のさやは熱湯処理と熱気消毒を経て、こんがりとした色のスパイスになります。選別して9か月間乾燥させると、何とも言えない芳香が漂います。18世紀、バニラはまだ希少で、スパイスの女王的存在でしたが、現在では広く普及し、特にヨーグルトやデザートに使われます。

Petits choux d'amour à la crème de rose « Marie=Antoinette »

プティ・シュー

[6人分]

愛のプティ・シューとマリー・アントワネットのローズクリーム

下ごしらえ：40分
加熱時間：20分
調理器具：泡立て器、ハサミ、絞り袋、刷毛

材料：
プティ・シュー：小麦粉150g、室温で柔らかくしたバター75g、水250ml、卵3個、グラニュー糖大さじ1、オーブンの天板用オイル小さじ1、塩1つまみ
ローズクリーム：室温で柔らかくしたバター100g、グラニュー糖80g、小麦粉25g、卵の黄身3個、牛乳250ml、ローズウォーター大さじ3
グラッサージュ：粉砂糖大さじ2、ローズウォーター小さじ2、食紅1滴、砂糖で固めたバラの花びら数枚

プティ・シュー

- バターを小さく切る。
- 250mlの湯を沸かし、バター、グラニュー糖、塩を入れる。
- 火からおろして小麦粉を入れ、ダマにならないようよく混ぜる。
- 卵を1個ずつ加えながら、泡立て器で混ぜる。
- オーブンを180度に予熱する。
- 天板に薄くオイルを塗り、スープ用スプーン2個でタネを小さくまとめて置いていく。
- 20分間焼く。
- 焼きあがったらオーブンから出し、網の上に置く。

ローズクリーム

- 牛乳を温め、沸騰したら火からおろす。
- 卵の黄身とグラニュー糖を泡立て器で混ぜる。
- そこに小麦粉を少しずつ加えて混ぜる。
- 粉類を混ぜおえた卵に温めた牛乳を少しずつ加えて混ぜる。
- 鍋を弱火にかけ、もったりとするまで混ぜてから冷ます。
- 泡立て器で室温で柔らかくしたバターを混ぜる。
- 混ぜ続けながら、ローズウォーター大さじ3を少しずつ加える。
- 粗熱をとってから、絞り袋でシューにクリームを入れる。

グラッサージュ

- 粉砂糖、ローズウォーター、食紅を温める。
- 刷毛で少量を各シューに塗り、花びらを1枚飾る。
- 陶磁器のカップか白いお皿に盛り付ける。

結婚から8年後の1778年、マリー・アントワネットとルイ16世に待望の赤ちゃんが生まれました。最初の子どもは「生真面目なムスリーヌ」と呼ばれた王女で、その3年後にはルイ・ジョゼフ・グザヴィエ・フランソワが生まれました。3番目のルイ＝シャルルは「愛のシュー〔キャベツ〕」と呼ばれ、兄が1789年に他界すると王太子になりました。1786年には、4番目の子マリー・ソフィー・ベアトリクスが誕生しました。

マカロン

[15個分(30枚分)]

ラズベリーのマカロン

下ごしらえ：1時間
加熱時間：30分
調理器具：クッキングシート、泡立て器、絞り袋、水用スプレー

材料：
卵の白身3個、粉砂糖75g、グラニュー糖25g、アーモンドパウダー75g、食紅2滴、青色着色料2滴、ラズベリージャム小瓶1つ（濃厚なジャム。できればシュガーレス）

- アーモンドパウダーと粉砂糖を混ぜ、食紅と青色着色料を加える＊。
- 卵の白身は角が立つまでしっかりと混ぜる。
- 泡立てながらグラニュー糖をゆっくりと加える。
- 着色料とアーモンドパウダーと粉砂糖を混ぜたものを少しずつ加え、均一で光沢のある生地にする。
- オーブンを160度に予熱する。
- 生地を絞り袋に入れ、クッキングシートの上に充分な間隔をあけながら、小さく絞っていく。
- 室温で15分置いてから、オーブンで30分焼く。
- 焼きあがったら、作業台で冷ましておく。
- スプレーでクッキングシートの下を湿らせながら、マカロンを丁寧にはがしていく。
- マカロンの半分にラズベリージャムを塗り、もう半分を上からのせる。

＊写真中のラズベリー色のマカロンが着色生地で作ったもの、茶色のマカロンは無着色です。

フランスでは町々に独自のマカロンがあり、マリー・アントワネットも目がありませんでした。ナンシーのマカロンは、修道女であるマルグリットとマリー＝エリザベートが考案したもので、「修道女のマカロン」とも呼ばれます。
スミレ、ルリジサ、サクラソウ、キンレンカ、キンセンカ、サクラソウ、ゼラニウムなどの植物がトルテやテリーヌ、アイスクリームやシャーベットに使われるようになり、アイスクリーム職人エミーは1768年に出版した本の中で、洋紅とエンジムシで着色したバラとスミレのアイスクリームのレシピを披露しました。

Massepain en habit d'abricots parfumés

マジパン

[4人分]

マジパンと香り豊かなアンズ

調理時間：10分

材料：種をとったドライアンズ12個、アーモンドペースト200g、着色料複数

- 小鍋に湯を沸かし、アンズを5分間漬けて戻す。
- アンズを取り出して水気を切り、表面を拭き、丁寧に開く。
- アーモンドペーストを3等分し、手でこねながらそれぞれに赤、緑、黄色の着色料を1滴加える。
- アンズにマジパンを入れて、閉じる。
- ティータイムにサーヴィスするか、ペーパーレースのミニカップ（または銀紙の包み紙）に入れて、クリスマスツリーの下に飾る。

フランス中部イスーダンの町のバッス通りにあるウルスラ会の修道女たちは、マジパンの発明者を自認していました。マジパンはアーモンドを細かくつぶした粉と砂糖、卵の白身、場合によってはバラなどのフラワーウォーターを混ぜて作ったペーストで、マリー・アントワネットはジャムをつけて食べるのが大好きだったとか。中にはアンズなどの果物や、のちの時代にはクルミを入れました。マジパンとチョコレートで作った「モーツァルトの球」（モーツァルトクーゲル）は、ドイツやオーストリアで聖ニコラの祝日に食べていたお菓子です。19世紀初頭でも、マジパンを使ってケーニヒスバーガー・ヘルツェン、ズーリ・レッケルリ、フランクフルト・ベートメンヒェン、カンセケーエなどのお菓子が作られていました。

Gimblettes « Madame Élisabeth », pommes-cassis
ジャンブレット

[6人分]

リンゴとカシスの「マダム・エリザベート」風ジャンブレット*

下ごしらえ：15分
加熱時間：40分
調理器具：紙の型、ミキサー、小鍋、フライパン

材料：
冷凍カシスピューレ250g、小麦粉250g、グラニュー糖180g、リンゴ2個（フランスならレネットなどの種類）、卵4個、ベーキングパウダー11g、バニラ入り砂糖7.5g、バター90g、ジンジャーパウダー二つまみ、塩1つまみ

*環の形をした小さな焼き菓子。

- 冷凍カシスピュレを解凍し、小鍋で加熱する。
- 水分を飛ばしたら火からおろし、冷ましておく。
- リンゴの皮をむいて種をとり、賽の目切りにする。
- 切ったリンゴを30gのバターとグラニュー糖の半量で、フライパンで焼く。
- しっかりと焼き色を付けて、残りのバターも溶かす（60g）。
- オーブンを180度に予熱する。
- 小麦粉、ベーキングパウダー、バニラ入り砂糖、グラニュー糖の残り（90g）、塩、ジンジャーパウダー、カシスペーストをミキサーにかける。
- ボウルなどで、冷ました溶かしバターの残りとカシスムースを混ぜる。
- 全卵を1個ずつ入れて、しっかりと吸収させる。
- 賽の目切りにしたリンゴを混ぜる。
- スープ用スプーンで、ムースの型に入れる。焼くと膨らむので、上まで入れないこと。
- オーブンの天板に充分な間隔をあけながら置いていく。
- 40分間焼く。
- 木串を刺して生地がついてこないか、焼け具合を確かめる。

ヴェルサイユ宮殿の敷地の端にあるガリー農園は、11世紀、サント・ジュヌヴィエーヴ修道院の修道士たちがガリー川の先に小院を建てたのが始まりだとされています。1665年、ルイ14世はすでに宮殿敷地に組み込まれていたムサルーとトリアノンの領地を吸収して庭園を造園するために、この修道院の土地を一部購入しました。広大な敷地の主な活動は穀物栽培で、のちにはジャガイモ、ナタネ、テンサイも栽培されるようになり、たくさんの果樹も植えられました。「プティット・ガリー」とも呼ばれたこの農園では、野菜栽培者や農夫が働いていて、近所ではたくさんの家禽類やヒツジが飼育されていました。また牛乳を搾ってチーズに加工し、城に納めていました。農園を囲む壁の門からは、サン・シールへと道が延びています。農夫たちは農作業やヴェルサイユの給水管の手入れを任されていました。大きな溝は宮殿敷地内の大運河から水を運びます。現代でもガリー農園は野菜や果物狩りなど様々な活動を通して、昔ながらの伝統を守り続けています。

Gâteau confit à l'orange « Madame de Polignac »

ガトー

[4人分]

ポリニャック夫人風オレンジ漬けのガトー

下ごしらえ：20分
加熱時間：30分
調理器具：直径8cmのセルクル4個、泡立て器、クッキングシート、アルミホイル

材料：
卵3個、きび砂糖150g、小麦粉150g、ベーキングパウダー11g、室温で柔らかくしたバター150g、果汁たっぷりのオレンジ3個＋皮1個分（オーガニック）
グラッサージュ：オレンジ果汁、粉砂糖40g

- オレンジの皮はとっておく。オレンジ2個の果汁を絞る。
- 卵をきび砂糖と混ぜる。
- 小麦粉、ベーキングパウダー、室温で柔らかくしたバターを入れ、オレンジの皮と果汁4分の3を加え、泡立て器で混ぜる。
- オーブンを180度に予熱する。
- セルクル4個の内側にバターを塗り、生地がもれた時のためにクッキングシートの上に置く。
- 生地を流し込む。
- アルミホイルをセルクルの外側から軽く折り込み、生地があふれないようにする。
- オーブンで30分間焼き、木串を刺して生地がついてこないか、焼け具合を確かめる。
- 焼きあがったらセルクルから外し、網の上で冷ます。

グラッサージュ

- 弱火で粉砂糖とオレンジ果汁の残りを温めて溶かす。
- 小さなスプーンでケーキの上に少量のグラッサージュを塗り、冷めたらサーヴィスする。

水平に切って、オレンジジャムを塗っても。

ヴェルサイユにはリンゴ「レーヌ・ド・フランス〔フランス王妃〕」「レネット・ド・フランス〔小さなフランス王妃〕」、洋ナシ「キュイッス・マダム〔マダムの腿〕」「バンケ・ド・サントンジュ〔サントンジュの宴〕」「ベーズ・モワ・ミニョンヌ〔キスしておくれ、可愛い子ちゃん〕」「ボン・クレティアン〔よきキリスト教徒〕」といった不思議な名前の品種が栽培されていて、アンズの木や桜などのエキゾティックな果樹もあちこちに伸びていました。コショウの木やパイナップルの木も。中にはコロンブスの時代から知られる品種もあります。18世紀初頭、南アメリカから帰国した技術者フレジエは様々な品種を紹介し、おかげでラズベリーや多数のイチゴの品種が王族の食卓に供されました。

柑橘類は中国原産ですが、まだ「柑橘類」という呼び方はされていませんでした。圃場としては、特にヴェルサイユ宮殿のオランジュリー〔オレンジ園〕が有名です。レモンは中東から地中海盆地にもたらされ、その後フランス王家の食卓にたどりつき、レシピによっては、レモンやオレンジが塩のように調味料として用いられました。科学者の遠征や探検がたびたび実施され、フランスをはじめとするヨーロッパの庭園、食卓に新たな果物が登場するようになりました。

Œufs à la neige pralines et biscuits roses de Reims
ウフ・ア・ラ・ネージュ

[2人分]

プラリネのウフ・ア・ラ・ネージュ*とランスのローズビスケット

下ごしらえ：20分
加熱時間：25分
調理器具：浅い広口のグラス2個、あくとり、泡立て器、濾し器、ミキサー、鍋

材料：
グラニュー糖100g、ピンクプラリーヌ〔シロップを絡めたアーモンド〕4つ、ランスのローズビスケット3枚、卵4個、さや入りバニラ1本、牛乳500ml、塩1つまみ

＊卵白を泡立てて作ったデザート

- 牛乳を沸騰直前まで温める。火からおろして、2つに折ってこそいだバニラのさやを入れる。
- 卵を白身と黄身に分ける。白身は角が立つまで泡立てて、塩1つまみを加える。
- 黄身とグラニュー糖とを泡立て器ですり混ぜる。
- 先ほどの牛乳を少しずつ注いでよく混ぜる。
- 鍋に移して弱火にかけ、5分間かき混ぜながら、もったりとしたクリーム状にする。
- ヘラにくっつくくらいになったら、アングレーズソースの完成。
- 濾し器で濾し、冷ましてから冷蔵庫で冷やす。
- 冷やしている間に、大きな鍋で湯1リットルを沸かす。
- 沸騰したら火からおろし、大きなスプーンかあくとりで、泡立てた白身の1つ目の塊を入れる。
- 2分経ったらひっくり返し、ゆっくりと取り出してキッチンペーパーの上に置く。
- ナイフで端を切りそろえ、皿に入れて、冷蔵庫で冷やす。
- 2つ目の塊も同様にする。
- ピンクプラリーヌとランスのローズビスケットを粗く砕く。
- グラス2つにアングレーズソースを注ぎ、卵の白身を置く。
- プラリーヌとビスケットを散らす。
- キャラメルやフルーツソースをあしらっても。

「ビスケット」という言葉は、「ビス(2つ)」と「キュイ(焼く)」という語から来ていて、2度焼きを意味します。ランスのローズビスケットの歴史は1690年にさかのぼります。ランスの位置するシャンパーニュ地方といえばシャンパーニュワインですが、このビスケットも名物で、パン職人がパンを焼いた後のかまどの余熱を利用して焼いた「特別な生地」は、国中で評判となりました。1776年にルイ16世がランスを訪れた際には、王室御用達の有名なフォシエのビスケットが出されました。

Meringues au cacao
メレンゲ

[4人分]

カカオのメレンゲ

下ごしらえ：20分
加熱時間：1時間
調理器具：絞り袋、口金11番、ヘラ、泡立て器

材料：
卵の白身7個分、上白糖400g、粉砂糖120g、上質なカカオパウダー65g、天板用オイル小さじ1、塩1つまみ

イタリアンメレンゲ

- 湯せんしながら、ボウルで塩1つまみを加えた卵の白身を泡立てる。上白糖を少しずつ加えながら泡立て続ける。
- 生地を持ち上げてリボン状になったら、湯せんから取り出す。
- さらに10分間、完全に冷えるまで泡立てる。
- あらかじめ混ぜておいた粉砂糖とカカオパウダー60gを加える。
- ヘラで光沢のある生地を混ぜる。
- オーブンを140度に予熱する。
- 天板に薄くオイルを塗る。絞り袋に生地を入れる。
- 充分な間隔をあけながら天板に生地を絞り出していく。
- 天板を軽くたたく。
- 予熱しておいたオーブンで1時間焼く。オーブンの扉は開けないこと。
- 焼きあがったらオーブンから取り出し、残りのカカオ5gを散らす。
- 網の上で冷やす。

メレンゲは缶などに入れ、乾燥した場所で保管できます。

ドイツではメレンゲを「ベゼ（キス）」と呼びます。メレンゲは17世紀にさかのぼるユニークなお菓子。17世紀の料理人フランソワ・マシアロの本には、メレンゲについての長い記述が掲載されています。卵の白身と砂糖を使い、低温でじっくりと焼きますが、ある写本によれば、「卵の白身を泡立て、砂糖、オレンジの花、ムスク、アンバーを加えて作ったエキュ硬貨のようなキャンディー」に似ていたとか。スイス、ブリエンツ湖近くのマイリンゲンが発祥の地と言われていて、18世紀にはスイスのお菓子職人ガスパリーニが、自分が発明したと主張しました。

Financiers « Petit Trianon » cacao, mousse caramel et beurre salé »

フィナンシェ

[6個分]

「プティ・トリアノン」のカカオフィナンシェ、キャラメルと塩バターのムース

下ごしらえ：フィナンシェ15分、ムース20分
加熱時間：フィナンシェ20分、ムース15分
調理器具：長方形のフィナンシェ用型、電動泡立て器、細かいざる

材料
フィナンシェ：上白糖100g、アーモンドパウダー50g、小麦粉40g、バニラ入り砂糖40g、バター75g、卵の白身6個分、はちみつ大さじ1、カカオ20g、塩1つまみ
ムース：上白糖100g、有塩バター60g、卵の黄身4個分、水大さじ3＋大さじ1、ゼラチンリーフ1枚、生クリーム150ml

ムース

・バターは室温で柔らかくしておく。ゼラチンはぬるま湯大さじ3でふやかしておく。
・卵の黄身に上白糖50gを加えて、泡立て器で混ぜる。
・底の厚い小鍋で、上白糖の残り50gと水大さじ1を温めてキャラメリゼする。
・明るい茶色になったら、鍋を火からおろす。
・生クリームを少しずつ加える。
・バターと卵の黄身も加える。
・鍋を再び弱火にかけ、泡立て器で泡立てながら5分間温める。
・その後火からおろし、冷ましておく。
・柔らかくなったゼラチンを加える。
・ムース状になるまで泡立てる。
・サーヴィス前に最低でも1時間冷蔵庫で冷やす。

フィナンシェ

・バターを加熱し、ナッツ色になったら火からおろし、濾し器で濾す。
・アーモンドパウダー、小麦粉、上白糖、バニラ入り砂糖、カカオを振るっておく。
・卵の白身に塩1つまみを加え、角が立つまでしっかりと泡立てる。
・泡立った白身に合わせておいた粉類を加えて粉っぽさがなくなるまで混ぜる。
・はちみつと冷ましたバターも入れて混ぜる。全体がまとまったら冷蔵庫で冷やしておく。
・オーブンを200度に予熱し、型にバターを塗る。
・型の3分の2の高さまでタネを注ぐ。
・オーブンで15分間焼く。
・木串を刺して生地がついてこないか、焼け具合を確かめる。
・焼けたら型から外し、網の上に置いておく。
・チョコレートムースとフィナンシェを合わせてサーヴィスする。

1778年、建築家リシャール・ミックはプティ・トリアノンの庭に愛の神殿を建設。ブーシャルドンが手がけた新古典様式の「ヘラクレスの棍棒で弓を作るキューピッド」の彫像のレプリカがあることから、愛の神殿と呼ばれる。

1778年、建築家リシャール・ミックはプティ・トリアノンの庭に愛の神殿を建設。ブーシャルドンが手がけた新古典様式の「ヘラクレスの棍棒で弓を作るキューピッド」の彫像のレプリカがあることから、愛の神殿と呼ばれる。

参 考 文 献

FRANÇOIS MASSIALOT, *Le Nouveau cuisinier roïal et bourgeois*, Paris, Claude Prudhomme, 1712.
　—, *Nouvelle instruction pour les confitures, les liqueurs et les fruits*, Paris, Claude Prudhomme, 1716.

VINCENT LA CHAPELLE, *Le Cuisinier moderne*, La Haye, Antoine de Groot, 1735.

MENON, *La Cuisinière bourgeoise, suivie de l'Office*, Bruxelles, François Foppens, 1774.

MADAME CAMPAN, lectrice de Mesdames et première femme de chambre de la reine,
　Mémoires sur la vie privée de Marie-Antoinette, reine de France et de Navarre,
　Paris, Baudoin Frères, 1823.

COMTE DE MONTBRISON, *Mémoires de la baronne d'Oberkirch*, Paris, Charpentier, 1853.

EDMOND ET JULES DE GONCOURT, *L'Histoire de Marie-Antoinette*,
　Paris, Firmin Didot Frères, fils & Cie, 1856.

BARONNE D'OBERKIRCH, *Mémoires*, Paris, Charpentier, 1869.

FÉLIX COMTE DE FRANCE D'HÉZECQUES, *Souvenirs d'un page de la cour de Louis XVI*,
　Didier et Cie, 1873.

PIERRE DE NOLHAC, *La Reine Marie-Antoinette*, Paris, Boussod, Valadon & Cie, 1889.

PIERRE VERLET, *Le Château de Versailles*, Fayard, 1985.
　Versailles et les tables royales en Europe : XVIIe-XIXe siècles (Versailles, musée national des châteaux
　de Versailles et de Trianon, 3 novembre 1993-27 février 1994), Paris, Réunion des musées nationaux,
　1993.

CÉCILE BERLY, *Le Versailles de Marie-Antoinette*, Paris, Éditions ArtLys-Château de Versailles, 2013.

謝 辞

ヴェルサイユ・トリアノン宮殿主席学芸員ベアトリックス・ソール。

料理の素晴らしい写真を撮影くださったナターシャ・ニクリーヌ。プティ・トリアノンと王妃のアモーの牧歌的な風景を撮影くださったフランク・ロバン。科学方面のアドバイザーで、「17-19世紀のヴェルサイユおよびヨーロッパの王族の食卓」展でベアトリックス・ソールとカタログを共著し、本書にも貴重な知識をもたらしてくださったマリー=フランス・ノエル=ヴァルドトゥフェル。

また、以下の方々にもお礼申し上げます。

皿類を貸し出してくださったアスティエ・ド・ヴィラット。

アンヌ・ド・フジュルーとお子さま方(ランスのローズビスケット、メゾン・フォシエ)。

ガリー農園のグザヴィエ&ドミニク・ロロー、ブリュノ・ガンセル。

臓物専門店経営ディディエ・ミュッサール夫妻(パリ、アノンシアシオン通り35番地)。

フォワグラ・ルジエのパスカル・シュナイダー。

美味なジャスミンマカロンを作っているメゾン・ルノートル。

国家最優秀職人章受章のフローリスト、フルール・ドートイユのパスカル・フュスコ。

パッシー魚店(パリ)のクリストフ。

パリのパン・菓子店オ・デリス・ド・マノン。

壁紙や生地を提供くださったピエール・フレイ。

18世紀のワインについて的確なアドバイスをくださったクリスチャン・フラスリエール。

美しい家を貸し出してくださったオプティご一家。

フードスタイリストのカリーヌ・フルカードと義理のご家族、お母さま、ご姉妹のヴィオレーヌ・アッケール、レミ・フルカード。

そしてもちろん編集者のマリー・ルロワと出版社プロン社。

著者

ミシェル・ヴィルミュール（Michèle Villemur）

作家、講師、ジャーナリスト。食文化に関する著作は30冊以上。フランス国立料理アカデミーグランプリ、グルマン世界料理本大賞など受賞歴多数。農業功労騎士勲章、2011年芸術文化勲章シュヴァリエ。

訳者

ダコスタ吉村花子（よしむら・はなこ）

翻訳家。明治学院大学文学部フランス文学科卒業。リモージュ大学歴史学DEA修了。18世紀フランス、アンシャン・レジームを専門とする。主な訳書に『マリー・アントワネットの暗号：解読されたフェルセン伯爵との往復書簡』、『マリー・アントワネットと5人の男』、『女帝そして母、マリア・テレジア』、『美術は魂に語りかける』、『テンプル騎士団全史』、『十字軍全史』、『中世ヨーロッパ全史』『ヴェルサイユの宮廷生活　マリー・アントワネットも困惑した159の儀礼と作法』などがある。

マリー・アントワネットの宴の料理帳
王妃が愛したプティ・トリアノンの食卓

2024年11月8日　第1刷

著者………ミシェル・ヴィルミュール
訳者………ダコスタ吉村花子
装幀………村松道代
発行者………成瀬雅人
発行所………株式会社原書房
〒160-0022 東京都新宿区新宿1-25-13
電話・代表　03（3354）0685
http://www.harashobo.co.jp/
振替・00150-6-151594
印刷・製本………シナノ印刷株式会社
©Hanako Da Costa Yoshimura 2024
ISBN 978-4-562-07473-0, printed in Japan